나는 죽는 날까지
배우기로 했습니다

나는 죽는 날까지 배우기로 했습니다

발행일	2024년 8월 7일		
지은이	윤종필, 이유나, 윤은순, 권순미, 기현경, 이상임, 우미정, 김경숙, 나기열		
펴낸이	손형국		
펴낸곳	(주)북랩		
편집인	선일영	편집	김은수, 배진용, 김현아, 김다빈, 김부경
디자인	이현수, 김민하, 임진형, 안유경, 한수희	제작	박기성, 구성우, 이창영, 배상진
마케팅	김회란, 박진관		
출판등록	2004. 12. 1(제2012-000051호)		
주소	서울특별시 금천구 가산디지털 1로 168, 우림라이온스밸리 B동 B113~115호, C동 B101호		
홈페이지	www.book.co.kr		
전화번호	(02)2026-5777	팩스	(02)3159-9637
ISBN	979-11-7224-221-3 03810 (종이책)		979-11-7224-222-0 05810 (전자책)

(주)북랩 성공출판의 파트너

북랩 홈페이지와 패밀리 사이트에서 다양한 출판 솔루션을 만나 보세요!

홈페이지 book.co.kr • **블로그** blog.naver.com/essaybook • **출판문의** book@book.co.kr

작가 연락처 문의 ▶ ask.book.co.kr

작가 연락처는 개인정보이므로 북랩에서 알려드릴 수 없습니다.

나는
죽는 날까지
배우기로
했습니다

윤종필
이유나
윤은순
권순미
기현경
이상임
우미정
김경숙
나기열

지음

북랩

🪐 들어가는 글

매주 월요일 아침 7시 30분에 오송 본사에서 임원 회의가 시작된다. 나의 일요일 저녁은 편안함과는 거리가 있다. 일요일 저녁에는 내일의 회의 자료를 살펴보고 다음 주 대학 출강을 위한 강의 자료를 준비한다. 매주 이렇게 분주하게 살고 있다.

2023년 여름날에 동탄으로 지인의 출판기념회를 다녀왔다. 나보다 더 바쁘게 사는 친구의 출판기념회를 보면서 많은 생각이 들었다. 나도 이제는 내 삶을 정리해보는 시간이 있으면 좋겠다고 생각했다. 그 방법으로 언젠가는 책을 써야겠다고 생각했다. 하지만 책은 엄두가 나지 않았다. 그런 생각은 잊어버리고 일상으로 돌아왔다.

어느 날 대학원 박사과정 동기인 이선희 선생님의 책 쓰기 코칭 제안을 받았다. 이선희 선생님은 환갑이 넘은 나이에도 열정과 에너지가 넘치는 분이다. 언젠가는 내 책을 쓰겠다는 생각만 하지 말고 이번에 배워보자는 생각이 들었다. 이렇게 가볍게 시작했다. 이선희 선생님께서는 "논문도 쓰셨으니 글쓰기는 어렵지 않을 거예요"라고 말했다. 하지만 생각보다 더 어려웠다.

그래도 글을 쓰면서 지금까지 정신없이 또 힘겹게 달려온 나의 인생을 돌아보는 소중한 시간이 되었다. 나를 포함하여 공부에 진심인 사람들 아홉 사람이 글쓰기를 배워가면서 쓰기 시작했다. 모두 공부와 가르치는 것에 일가견이 있는 사람들이다. 그래서 책 제목을 『나는 죽는 날까지 배우기로 했습니다』라고 했다. 아홉 명의 작가 모두가 각 분야에서 배우는 능력과 가르치는 능력을 동시에 펼치고 있는 사람들이다.

제1장 「나를 알고 세상을 배운다」는 작가들이 어떤 계기로 공부를 하게 되었는지 설명한다. 그 공부가 자신의 목표가 되는 과정을 담백하게 정리하였다. 누군가는 꿈을 위해, 누군가는 용기를 내서, 누군가는 부모의 입장에서 자녀와 함께 대학에 가기 위해, 새로운 도전을 위해, 사랑하는 사람을 위해, 생계를 위해 각자의 위치에서 배움의 길을 선택한 과정을 이야기한다.

제2장 「나는 이렇게 배우고 성장했다」에서는 키가 크려면 성장통을 겪어야 하듯이 작가들의 성장 스토리를 만나게 된다. 군사학교, 리더십 강사, 평생교육사, 독서가, 부모이자 작가, 배우자, 생태환경 강사로서 삶에서 겪은 다양한 경험과 아픔, 그리고 성장 이야기를 들려준다.

제3장 「절망과 좌절의 시간들」에서는 작가들의 가슴 시린 진솔한 이야기를 담았다. 기업도 창업 후 성장 과정에서 죽음의 계곡을 건너야 생존할 수 있다. 작가들이 각자의 삶에서 처절하게 죽음의 계곡을 넘

는 과정을 볼 수 있다. 이 이야기가 지금 어디선가 힘겨워하는 사람들에게 희망의 씨앗이 되었으면 한다.

4장 「공부는 시스템이다」는 그저 열심히가 아니라 죽을 때까지 공부한 사람들의 공부 시스템을 정리했다. 작가들 각자 정리한 공부법인 인생 2막의 공부법, 성적 올리기, 리더십 기르기와 자녀 훌륭하게 키우기 등의 노하우를 볼 수 있는 장이다. 평생학습은 이제는 당연하고, 날마다 새롭게 배워야 살아갈 수 있는 시대가 되었다. 배움을 멈추지 않은 사람들이 멋지게 공부하는 방법을 들려준다. 공부법을 고민하는 독자가 각자의 맞춤형 공부법을 찾는 데 이 장이 도움이 될 것이다.

> 성공하려면 자신에게 두 가지 질문을 할 필요가 있다. '내가 하고 싶은 것
> 이 무엇인가?' 그리고 '어떻게 그것을 이룰 것인가?'
>
> - 로울 월든 앤더슨

로울 월든 앤더슨의 이 명언은 공부와 성공을 추구할 때 스스로에게 두 가지 중요한 질문을 던져야 함을 우리에게 말해준다. 이 질문들은 우리가 성실히 답해야 하는 분명한 목표와 방법을 설정하는 데 도움이 된다. '내가 하고 싶은 것이 무엇인가?'라는 질문은 우리에게 자기 성찰을 하며 자신의 열정과 관심사, 그리고 진정한 목표를 찾아야 함을 깨닫게 한다. 자신의 목표와 가치를 명확하게 알고 이것을 추구

하는 것이 성공에 가장 중요한 것이기 때문이다.

사실 아홉 명의 작가들 역시 아직 성공을 이야기하기는 이르다. 그러나 이 책에서 각자가 하고 싶은 일을 꾸준히 성실하게 해내며 담담하게 한 걸음씩 더 나아가고 있는 작가들의 모습이 작은 성공이라고 말하고 싶다.

이 책은 자신의 삶에서 공부가 큰 전환점이 된 사람들의 이야기이다. 누군가는 직업으로, 누군가는 진로를 위해, 또 누군가는 희망을 찾아서 등 공부의 목적은 다양하다. 어떤 이유에서든 공부가 큰 의미가 되었다. 작가들이 무엇 때문에 배움을 시작했는지, 또 어떻게 고민하고 아파하고 성장했는지 그 과정을 솔직하게 쓴 글이다. 이 글은 누군가를 가르치기 위한 것이 아니다. 작가 각자의 삶을 돌아보고, 살아오며 얻은 것을 정리해서 함께 나누는 과정이다.

이 글을 읽고 삶에 대해 고민하는 누군가가 위로를 받고 멋진 배움의 길을 나서기를 기대한다. 독자가 그 배움의 결과를 삶에 적용해서 삶의 발판이 되는 작은 성공들을 해나가도록 돕는 것이 필자의 바람이며, 아홉 명의 작가들이 이 책을 쓴 목적이다.

2024년 여름
윤종필

목차

제2장

나는 이렇게 배우고 성장했다

제3장

절망과 좌절의 시간들

제4장

공부는 시스템이다

제1장

나를 알고 세상을 배운다

· 1 ·

진짜 용기는
무지에서 출발한다

윤 종 필

"느그 아부지는 왜 돌아가셨는데?"라고 했다. 중학교 2학년 친구가 나에게 물었다. 내가 기억하는 아버지는 수년간 흰색 병의 위장약을 드셨다. 병원에 입원과 퇴원을 반복하길 2년쯤 지난 어느 날 아버지가 돌아가셨다. 내가 알고 있는 것은 아버지가 간암으로 돌아가셨다는 것이 전부였다. 아무도 아버지 병의 경과나 치료 과정을 설명해주지 않았다. 나도 중학교 2학년 아들에게 아버지의 죽음을 설명하라면 피하고 싶다. 내가 혼자 내린 결론은 간단했다. 위장약을 드시던 아버지가 간암으로 돌아가셨으니 의사의 오진이라고 확신했다. 친구들에게도 그렇게 설명하고 나도 믿었다.

가끔 뉴스에서 의료사고나 의사의 오진에 대한 소송 이야기를 들었다. 그때마다 분노가 일었다. 또 다른 누군가가 우리 가족처럼 아무런 보상도 받지 못하는 힘없는 사람이라고 생각했다. 아버지도 그런 피해자 중 한 명이라고 믿었다. 중학교 2학년이 내린 엉뚱한 결론이다. 약자들의 편에서 그런 의사들을 혼내주는 정의로운 변호사가 되어야겠다고 다짐했다. 돈은 형사사건의 소송 변호를 통해서 벌고, 의료사고 피해자에게는 무료로 변론을 하겠다는 목표를 세웠다. 그렇게 변호사가 되는 꿈을 꾸게 된 것은 아버지의 죽음에 대한 잘못된 사실 인식으로 인한 것이었다. 그때는 그것이 용기라고 생각했다. 나는 어떤 결정이든 동기가 가장 중요하다고 생각한다. 그 크기가 멈추지 않고 달리는 힘이 된다. 돈도 빽도 없이 변호사라는 꿈을 향해 15년을 달렸다. 지금은 그 꿈을 20년간 고이 접어두고 있다.

경북 영양의 내 고향 마을에는 집이 20여 채 있다. 나는 글보다 담배, 누에고치, 고추, 배추, 마늘 등 밭 작물의 이름을 먼저 배웠다. 부모님은 밭농사, 과수원, 작은 슈퍼 등 일을 많이 하셨다. 농번기에는 항상 일손이 부족했다. 우리 할머니도 예외는 없었다. 집안일을 하고 손자도 돌보시는 박춘호 여사님은 큰소리를 내지 않으셨다. 농사일이 많을 때는 일꾼이라 불리는 아저씨도 한 분 계셨다. 연봉으로 300만

원과 숙식하는 조건으로 일해주시는 사람이었다. 그분으로도 부족하여 농번기에는 공부보다 농사일이 먼저였다.

학교를 마치고 나서 집에 아무도 없으면 난 TV를 보며 시간을 보냈다. 그 시절에는 TV로 세상을 보는 재미가 있었다. 그때 한국의 프로야구도 처음 시작되었다. TV로 전설의 야구선수 최동원을 보았고, 롯데 자이언츠가 우승하는 장면도 보았다. 그때 TV의 드라마를 통해서 내 꿈인 변호사를 처음으로 보았다. 너무 멋있는 직업처럼 보였다.

아버지는 사람들을 참 좋아하셨다. 집안일을 하시는 것보다 사람들을 만나시고 술을 드시고 오시는 날이 많았다. 시골에서는 대단한 권력자인 농협 조합장 선거에 여러 번 출마했다. 결과는 낙선이었다. 그때 선거는 돈이 많이 들었다. 또 마을 친구와 두부 공장을 하셨는데 동업자가 혼자서 야반도주를 했다. 그 결과로 아버지는 공장을 접고 농사짓던 땅을 팔고 대출을 받아서 해결했다. 재산도 많이 줄었다. 친구의 배신으로 화병도 생기셨다. 아마도 스트레스로 술을 더 많이 드셨고 병도 얻으신 것 같다.

1988년 대한민국에서 첫 올림픽이 열렸지만, 아버지는 올림픽을 보지 못하셨다. 아버지가 돌아가시고 큰형이 엄마에게 돈 이야기를 많이 했다. 정확히 무엇을 말했는지는 모른다. 아버지가 돌아가시고 일찍 철이 들었다. 홀로되신 엄마에게 학비 부담을 주고 싶지 않았다. 중학교 3학년 교실로 금오공고에 다니는 선배가 학교 소개를 왔다. 전액 장학금으로 고등학교에 다니고 졸업 후 부사관으로 5년을 군대에서 복무하는 그런 학교였다. 다시 용기를 냈다. 엄마에게 물어보지도 않고 내가 고집을 부려서 금오공고 진학을 결정했다. 정말 엄마가 학비를 낼 수 없는지, 부사관이 무엇인지도 잘 몰랐다. 군 생활을 하면서 돈을 모아 졸업 후 대학에 가겠다고 생각했다. 그리고 대학 재학 중에 사법시험에 합격하겠다는 목표를 세웠다. 중학생이었던 나는 왠지 모르게 뿌듯했다. 20년이 지나고 안 사실은, 아버지가 남겨주신 토지가 빚보다 훨씬 많았다는 것이다.

무모하게 고등학교를 선택한 결과는 지독하게 힘들었다. 내 꿈은 변호사였지만, 몇 주간 하루의 절반은 수업을 중단하고 군사훈련을 하는 것이 군사학교의 현실이었다. 고1인 나는 공부를 열심히 해서 법대를 가고 싶었다. 인문계 고등학교에 진학한 친한 친구의 이야기를 들으면 마음이 더 조급해졌다. 금오공고 생활 6개월 만에 자퇴를 결심했다. 내 꿈과 다른 현실에서 심하게 갈등했다. 인생을 낭비하는 것 같아서 너무 힘이 들었다. 지금은 돌아가신 큰형님이 학교로 찾아오셨고 자퇴하면 장학금 반환금이 100만 원을 넘는다고 알려주었다. 그때 나에게는 너무 큰돈이었다. 홀로되신 어머니께 죄송스러워 자퇴를 포기했다. 변호사 꿈을 꾸고 첫 시련을 겪었다. 그 후로 한참을 방황했다.

나이 50을 넘기면서 내가 잘하는 것과 좋아하는 것의 진정한 의미가 정리되었다. "좋아하는 것을 찾아서 그 일을 해라"라는 말은 너무 많이 들었다. 그 분야에서 끊임없이 노력해서 명성을 얻은 분들이 하나같이 하시는 말씀이다. 내 느낌에 저 말은 성경의 한 구절처럼 들린다. 반박할 수 없는 진리다. 이 말을 반박할 수 있는 사람이 있을지 모르겠다. 하지만 난 동의하지 않는다.

내 주변에 사십 대 중반이 된 평범한 후배들이 자신의 미래에 대해서 갈등한다. "언제쯤 제가 좋아하는 일을 할 수 있을까요?"라는 질문을 한다. 주변에 내가 아는 한은 자기가 정말 좋아하는 일이 직업인 사람은 별로 없다. 자기 삶에 만족하는 사람은 많이 있다. 나도 내 삶에 만족한다. 난 지금도 변호사를 하고 싶다. 또 되고 싶어서 열심히 했다. 하지만 많이 부족했다. 난 지금 하고 싶은 일보다는 내가 잘하는 일을 하고 있다. 첫째로 코스닥 상장사의 임원으로 일하고 있다. 둘째로 대학에서 경영학과 겸임교수로 학생들을 만나고 있다. 셋째로 기업의 경영 자문이나 개인 창업자 자문도 하고 있다.

남 앞에 나서는 것이 정말 무서운, 소극적인 사람이었다. 예전에는 지금 내가 하는 일들은 상상도 하지 못했다. 내가 잘하는 것과 좋아하는 것의 차이 때문이라고 생각한다. 그 답을 찾는 과정이 험난했다. 그 과정에서 고민과 갈등을 해결하게 해준 큰 에너지가 공부였다. 누구나 방법의 차이가 있겠지만 자신을 찾아가는 과정에서 사람, 책, 경험 등을 통해서 크고 작은 배움이 있다. 난 그 모든 과정을 공부라고 생각한다. 결과에 대한 불안감으로 갈등하지 말고, 지금 가장 하고 싶고 되고 싶은 것을 향해서 도전하라고 말하고 싶다. 그러면 진정 자신이 잘하는 것을 찾게 될 것이라고 믿는다.

· 2 ·

세상 공부를
귀로 열다

이 유 나

드르르윽 옆으로 거칠게 쪼끔 열리다 만다. '와!' 마음속 탄성이 들릴까 숨을 죽인다. 무릎까지 꿇고 앉아 있다. 작게 주먹 쥔 손을 무릎 끝에 가지런히 두고 기다린다. 엉덩이가 들썩들썩한다. 일어났다 앉았다, 큰 사람 사이로 고개를 삐죽 내밀어본다. 그 순간 거칠게 열리던 베이지색 몸이 검은색으로 변신한다. 갑자기 큰 소리로 말을 하기 시작한다. 참 요상한 물건이다. 검은 속에서 사람들의 움직임도 보인다. 초등학교 입학하기 한참 전 기억의 한 장면이다.

요즘은 TV가 집집마다 여러 대 있다. 심지어 휴대폰에도 노트북에도 TV가 숨어 있다. 지금부터 약 50년 전쯤의 추억이다. 우리 아파트 윗집에 그 귀한 물건이 있었다. 잘 모르는 집을 부리나케 드나들었다. 시간과 장소를 불문하고 눈만 뜨면 그 집을 기웃거렸다. 상상하지 못한 세상 이야기들로 매번 놀라웠다. 결국 눈치가 보여서, 엄마 아빠가 말려서, 내 기억은 여기까지다. 어린 시절 눈이 굉장히 커졌던 자극 중엔 TV가 가장 강력했다.

오늘까지 나는 삼성에서 15년 근무, 그리고 62년 역사의 한국능률협회 전임교수직을 14년간 즐겁게 수행하고 있다. 그동안 많은 분들이 질문해왔다. 어떻게 그렇게 말을 잘하느냐고 묻고 또 물었다. 나에게 컨설팅, 강의, 코칭을 받고 묻는다. 한참 고민하고 나서야 결국 그 해답을 아버지로부터 얻었다.

"아버지, 사람들이 제가 말을 어떻게 잘하게 되었는지 궁금하다고 자주 물어요. 아직 답을 모르겠네요." 씨익 미소 지으며 주신 답변은 의외로 간단했다.

"우리 딸 태어나고 잘 들리는 곳에 하루 종일 라디오를 틀어주었다." 아버지가 엄청난 비법인 양 말해주셨다. 그리고 잊지 않고 "사람들은 들은 만큼 말할 수 있다"라고 하셨다. 들은 만큼 말도 하고 생각도 할 수 있다고 믿으셨다. 지금 생각하면 우리 아버지는 오랫동안 바르고 성실하게 공무원 생활을 하신 분이셨다. 늘 신문을 가까이하시며 잘

라서 가슴에 품었다가 내게 전해주셨다. 어느 날은 여성 지도자의 기사를 보여주셨다. "유나도 이런 여성 리더가 되면 좋겠다" 하셨다. 그게 큰 동기부여가 되었다. 대학생 때 지도자의 정수장학회 재단에서 졸업까지 전액 장학금도 받을 수 있게 되었다. 그 일은 아버지의 가르침을 통해 얻었던 결과였다. 나는 언제나 아버지의 큰 기쁨이자 자랑거리였다.

어려서부터 종일 들었던 라디오에서는 노래도 나왔다. 성우들의 이야기도 실감 나게 흘러나왔다. 많이 들어서일까, 엄마와 아빠 소리도 또래보다 먼저 말했다고 들었다. 완행열차 여행에서는 노래도 불렀다. 노래를 불러서 어른들께 용돈을 받기도 했다는 부모님 이야기도 있었다. 진짜로 나를 키우신 육아 비법, 아버지의 '들은 만큼 말할 수 있다'가 성공적으로 보인다. 나는 소리로 세상 배우기를 시작했다. 그리고 약 50년 뒤 현재의 나를 돌아보니 성공했다는 확신이 든다. 내가 말한 것이 현실의 이야기가 되고, 리더십의 주제가 되었다. 때로는 누군가가 행동하는 용기를 불어넣기도 했다. 가장 결정적인 것은, 사람들이 내 말의 가치를 크게 인정해주었기 때문이다. 내가 말을 하면 높은 가치가 매겨졌다.

오래전 별이 되신 아버지의 생전 소원은 내 딸이 성공하는 것이었다. 셋째 막내아들을 낳기 한 달 전 마지막 통화에서도 나를 걱정하셨다. 항상 당신의 딸이 이 시대 리더로 성장하는 미래의 모습을 상상하셨다. 2008년 5월 초 어느 날, 출근을 준비하며 거울 앞에 섰다. 흰색 블라우스, 흰색 치마, 낮은 흰색 구두까지 챙겨 신고 '오늘 이상하다' 하며 고개가 갸우뚱했다. 그리고 오후에 별이 되신 아버지 소식을 전하러 가족들이 회사로 달려왔다. 9개월 만삭인 내가 너무 놀랄까 봐 아버지가 아프시다며 첫 마디를 전했다. "제가 아버지를 만나볼 수 있나요?" 질문했다. 대답은 "어려울 것 같다"였다.

용인 삼성에버랜드에서 서울 중앙대병원 영안실까지 가는 내내 울었다. 마음속으로 꿈에라도 아버지를 만나게 해달라고 빌었다. 만삭으로 5일장 내내 뜬 눈으로 빌고 또 빌었다. 내가 할 수 있었던 최선이었다. 3일 전 아버지는 "우리 딸 차장 승진 축하한다" 하셨다. 참 영혼 없이 "네. 다 아버지 덕분이지요. 아버지! 아이들 유치원 보내고 다시 연락드릴게요"가 마지막 통화가 되었다. 꿈에서라도 꼭 만나고 싶다는 바람은 오늘까지도 이루지 못하고 있다. 언제나 지켜보고 계실 아버지께 명절과 어버이날 성묘 때마다 기도했다. 별나라에서 편히 계시기를, 가족 모두 평안하게 해달라고 마음으로 빌었다.

오늘 내가 누리는 성공과 성장의 빛을 주신 우리 아버지는 내 존재, 뿌리 자체였다. 매일매일 퇴근길에 내게 해주시는 칭찬은 월드클래스 급이었다. "오늘 한 천 명은 만났는데, 우리 딸처럼 이쁜 딸은 못 만났다" 해주셨다. 한참 동안 세상에서 가장 예쁜 딸이라고 굳게 믿게 해주셨다. 어릴 적 파를 못 먹었던 내게 "파를 먹으면 예뻐진다"라고 설득해주셨다. 지금까지도 건강한 파를 풍성하게 넣어 먹는 습관을 만들어주셨다. 지금도 아버지를 생각하면 눈시울이 뜨거워진다.

우리 아버지는 내가 가장 먼저 귀를 여는 습관을 선물하신 기막힌 전문가였다. 저녁 식사 이후 아버지에게 세상 이야기를 들었다. 눈을 동그랗게 뜨고 이야기들을 마음에 담았다. 아버지께 조금 더 다가가서 들으면 평생의 경험과 지혜를 아낌없이 주셨다. 세상의 모든 이들이 나를 위해 지혜로움과 따뜻함을 통째로 줄 것이라 믿게 만드셨다. 그 신의를 통해 나 스스로 먼저 귀를 열 수 있었다. 아버지는 반복 또 반복해서 나를 일깨우셨다. 기다릴 수 있는 여유는 덤으로 챙겨주셨다.

사회 경험 29년 동안 약 2만 시간 이상 많은 이들을 만났다. 자연스럽게 귀를 여는 습관을 통해 작은 것부터 얻을 수 있었다. 부모님은 아무리 바빠도 눈을 통해 소통을 열어주셨다. 인간만이 가지고 있다는 흰자위가 소통의 주인공이다. 영장류 88종의 눈과 비교가 된다. "사람의 눈은 좌우로 더 잘 움직여 시야를 확대할 수 있다." 타인의 시선을 더 쉽게 알아채기 위해서 흰자위가 진화했다고 알려졌다(『울트라 소셜』, 2017, 장대익 저). 인간만이 상대의 마음과 의도를 읽어내는 놀라운 능력을 가졌다.

나의 세상 공부는 어린 시절 귀를 열어주신 아버지의 지혜 나눔으로 시작되었다. 부모님의 눈을 통해 '사람의 마음공부'까지 할 수 있게 되었다. 앞으로 어떤 공부의 즐거움을 새롭게 만날 수 있을까 기다려진다. 호기심 어린 마음으로 여유를 가져본다.

· 3 ·

아이들은
부모의 거울

윤 은 순

"아버지는 언니만 예뻐해." 여동생이 하던 말이다. 나는 가난한 농부의 맏딸로 태어났다. 보통의 집처럼 첫아이에 대한 아버지의 사랑은 각별했다. 맏딸은 살림 밑천이라고 믿는 엄마와는 사랑하는 방법이 달랐다. 아버지는 말씀하신다. "자식은 잘 크면 부모한테 효도하는 것이다." 상담 공부하며 깨달은 '무조건적인 사랑'이다.

아버지가 나를 바라보는 눈빛에는 아무런 조건이 없으셨다. 바라보는 눈에는 그저 꿀이 뚝뚝 떨어졌다. "은순이는 참 이뻐." 울 아버지는 4남매 모두를 사랑하셨지만 유독 나를 더 예뻐하셨다고 한다. 기억도

가물가물한, 아주 어렸을 때 일이다. 산에 나무하러 가는 길을 따라가 겠다고 떼쓰던 기억이 난다. 논에 일하러 가실 때 지게에 태우고 다니 셨다. 어떤 예쁜 짓을 해서는 아니다. 그냥 예뻐해주셨다. 조건이 없는 아버지의 사랑이었다.

엄마는 좀 다른 사랑을 주셨다. 예뻐하기만 하면 버릇 나빠진다며 엄격한 교육이 많았다. 맏딸은 동생들 보살피는 게 당연하다고 했다. 엄마 사랑이 필요했던 나는 예쁜 짓을 하기 위해 애쓴 기억이 난다. 동 생들 보살피는 착한 딸이다. 용돈 아껴 콩나물 사야 한다고 하는 착 한 딸이다. "은순이는 참 착해"라는 말이 엄마가 요구하는 대로 행동 하게 한 것인지도 몰랐다. 그러나 나는 엄마에게 자랑스러운 딸이었 다. 집안 대소사에 남동생이 아닌 나를 보내신다. 나는 우리 집에서 내세울 만한 자식이 되었다. 엄마도 나를 사랑하신 건 분명하다. 단지 아버지와는 다른 사랑임을 나중에 알았다. 그 시절에는 이해되지 않 았지만, 나를 성장시킨 엄마표 사랑이다.

초등학교 2학년 딸아이 그림일기를 보았다. "나도 빨리 5학년이 되 었으면 좋겠다." 마음이 찡한 문장에 뜨끔했다. 어린 시절의 나를 떠올 렸다. 아들이라고 남동생에게 각별했던 엄마 모습이 지금의 내가 보이 는 모습 아닌가 생각했기 때문이다. 딸의 눈에는 엄마가 5학년 오빠에 게 관심이 더 많다고 생각한 것 같다. 무의식적 학습의 결과이다. 스스로 책을 많이 읽어 아는 게 많은 아들을 칭찬했다. 청주교대 영재교육원에 다니는 아들에게 관심이 더 많았던 건 사실이다. 언제나 옆에 있었던 딸아이를 배려하지 못했다. 무심코 했던 말 한마디와 태도를 딸의 입장에서는 차별한다고 생각할 수도 있다. 이런 상황은 미처 생각지 못했다.

아들과 딸을 다르게 대하는 엄마가 이해되지 않았다. "계집애는 아침 일찍 남의 집에 가면 안 돼"라고 했다. 내가 입었던 옷을 남동생이 물려받아 입으면 재수 없다고 한다. 당연하게 받아들여지는 주변 분위기가 이해되지 않았다. 딸은 커서 시집가면 남의 집 사람이라고 한다. 아들은 집안의 기둥이라고 말한다. 그 시절 나도 그렇게 믿고 살아왔다. 남동생과 차별한다고 떼쓰지 않았다. 딸을 선호하는 요즈음 분위기와는 전혀 다른 시절이었다.

"엄마가 더 신나 보여요." 눈썰매 몇 번 타다가 시큰둥해진 아들이 내게 하는 말이다. 아이들이 초등학교 다니던 겨울이었다. 증평 눈썰매장에 갔다. 새하얀 눈밭에서 눈썰매를 타는 사람들로 북적거렸다. 눈썰매를 타려면 플라스틱 썰매를 끌고 경사진 곳까지 끌고 올라가야만 신나게 타고 내려올 수 있다. 아들은 혼자 타고 내려오고, 딸은 어려서 내가 앞에 태우고 눈썰매를 타고 내려왔다. 순간의 미끄럼으로 신나는 것은 잠깐이다. 경사 위로 올라가는 게 힘들었던 아들은 이내 흥미를 잃었다. 재미없다며 타지 않는다고 한다. 엄마인 내가 더 신났다. 사실이 그러했다. 우리는 아이들 방학 때 여행을 자주 다녔다. 아이들이 기쁨에 들떠 신나했고 나도 즐거운 시간이었다.

나는 교육학을 공부했다. 루소의 자연주의 교육 철학을 가진 엄마이다. 아이들 방학이 되면 여행 계획을 세운다. 피아노 학원과 학습지 공부를 중단시킨다. 방학에는 놀러 다니는 게 공부라고 했다. 아이들은 신났다. 방학이 다가오면 롤러스케이트를 챙기고 옷가지 등을 알아서 챙긴다. 우리 셋이 정한 여행지는 울산이기도 하고 경주이기도 하다. 특별한 목적은 없다. 숙소 예약이 되면 출발한다. 울산 바닷가에서 파도를 보며 모래 놀이에 빠지는 아이들이다. 아이들도 신나는 여행이지만 엄마인 나에게도 즐거운 여행이다. 보통의 엄마들이 보면 이상하다고 할 수도 있다. 나는 좀 다른 생각을 했다. 자녀 교육은 100미터 단거리가 아니라 마라톤 경주라고 생각했다. 아이들에게 무엇인가를 해주려고 하지 않았다. 아이들 눈높이에서 함께하고 싶은 일을 찾았다.

직장 다니는 남편은 일이 더 중요한 사람이다. 가족과 함께하는 시간을 내어주지 않는 남편이 불만스러웠다. 남편은 아빠 역할을 하지 않는다. 회사 다녀오면 언제나 피곤했다. '소파돌이' 아빠는 언제나 TV로 스포츠를 본다. 직장 생활이 우선이었던 남편이 야속하다. 그러나 이해되는 부분도 있다. 든든한 백그라운드나 인맥도 없이 회사원으로 성공하기 위해 최선을 다하는 사람이다. 애쓰는 남편이 안쓰럽기도 하다. 아이들과 놀아주는 건 내가 하면 된다. 상담 공부하면서 깨달은 성격 차이로 받아들였다. 남편에게 고마운 것도 있다. 아이들 교육에 어떤 태클도 걸지 않는다. 엄마인 나를 믿고 지지해준 것이다.

나는 여느 학부모가 말하는 '재수 없는 엄마'이다. 자기 할 거 다 하면서 아이들이 잘 컸다고 한다. 호기심 많고 책 좋아하던 아들은 지방 국립대 신소재공학과 교수이다. 서른 살이라는 어린 나이에 교수가 되었다. 남편이 사업 부도를 맞았을 즈음 사춘기였던 딸은 서울에서 중소기업에 다닌다. 아들과 대비되는 사회생활이지만 우수 사원으로 인정받는다. 아들은 모범적인 진로 과정을 보냈다. 반면 딸은 사춘기 방황으로 진로에 어려움을 겪었다. 좌충우돌하는 삶이었지만 자기 길을 찾아가는 대견스러운 딸이다. 나를 닮은 단단함이 있다고 믿는다.

자녀는 부모의 거울이라고 한다. 나는 경제적으로 넉넉하지 않은 집의 맏딸로 태어났다. 무조건적인 사랑을 주신 아버지의 딸이었다. 든든한 살림 밑천을 기대했던 엄마의 착한 딸이었다. 내가 원했던 삶은 아니었다. 지금은 내가 그리던 삶을 살아간다. 좋은 엄마가 되고자 시작했던 공부를 통해 나 자신을 재발견했다. 아이들의 성장과 함께 성장한 엄마이다. 아이들을 내 틀 안에 가두지 않았다. 자기 길을 찾아

가는 것을 도와주는 엄마가 되고자 노력한 엄마이며, 나 자신을 찾으
려고 동분서주한 사람이다.

· 4 ·

내 나이가
어때서

권 순 미

'내 나이가 어때서? 지금 해도 늦지 않아!' 꽃도 피는 시기가 모두 다르
듯이, 우리도 피는 시기는 모두 다르다. 지금까지 나의 삶은 그냥 살아
지는 대로 살아온 삶이었다. 하지만 이젠 내가 원하는 대로 살고 싶다.

50대는 당당하게 살아야 할 나이다. 나이만 들었다고 어른이 아니
라, 해를 거듭하면서 삶의 지혜가 행동과 표정에 묻어난다면 나이가
들어도 멋있어 보인다. 나이가 들어가면서 나를 세련되게 표현할 수
있는 그런 어른이고 싶다.

어느 날 독서토론 모임을 주관하시는 선생님께서 내게 "방송통신대학교 교양학과가 있는데 권순미 선생님하고 잘 맞을 것 같아요. 공부를 해보는 건 어때요?"라고 말했다. 몇 년 전에도 배우고 싶은 생각은 있었다. 그런데 그때는 용기를 내지 못했다. 고민하던 중 우연히 '나빌레라'라는 드라마를 보게 되었다. 극 중에서 주인공 덕칠이 이런 말을 한다. "준비될 때까지 기다리지 마. 내가 살아보니까, 완벽하게 준비되는 시기는 오지 않더라. 그냥 지금 시작하면서 채워." 주인공 덕칠이 나에게 이야기하는 듯했다.

퇴근하고 온 남편과 저녁을 먹으면서 조심스럽게 공부를 해볼까 생각 중이라고 말했다. 남편은 환한 얼굴로 너무 좋은 생각이라며 좋아했다. 내가 공부한다는 걸 저렇게 좋아할 수 있을까 싶을 정도였다. 남편과 주말에 산책하려고 근처 공원에 갔다. 내가 공부하는 걸 남편이 그렇게 좋아하는 이유가 무엇인지 궁금했다. 내가 먼저 물어보려고 했는데 남편이 먼저 말을 꺼냈다. "여보, 당신이 공부하고 싶다고 해서 내가 무척 기분이 좋았어. 집에서 푹 퍼져 있을 성격이 아닌 건 알지만 난 당신이 항상 노력하는 모습이 멋있더라. 그리고 대학생 아들들에게도 공부하는 엄마 모습이 좋은 영향을 줄 수 있지 않을까?" 남편의 말에 용기가 생겼다. 동생들과 친구들 모두 대단하다며 열심히 해보라고 응원도 해주었다. 그런데 엄마는 나이 많은 딸이 이제 좀 편안해졌나 싶었더니 힘든 공부를 한다고 하니 즐겁지 않은가 보다. "그렇게 하라고 할 때는 안 하더니 지금 뭐 하려고 한다니?” 하신다.

　나는 1남 4녀 중 장녀. 둘만 낳아 잘 기르자는 표어로 산아제한을 하던 시대였다. 엄마는 딸 넷을 낳고 아들을 낳기 위해 절에 백일기도를 다녔다. 기도 덕분인지 다섯 번째 아들을 낳으셨다. 다섯 명이나 되는 자식이지만 우리 부모님은 남들보다 무척이나 예뻐하며 키웠다. 자식 사랑이야 모든 부모가 마찬가지겠지만 유별날 정도로 사랑을 많이 주셨다. 자식들을 위해 학교 일도 많이 했다. 겁이 많아 주사를 잘 맞지 못하는 나를 위해 바쁜 농사일을 뒤로 미루고 주사 맞는 날이면 학교에 와서 주사 맞는 걸 봐주셨다.

　나는 우리 집 장녀라 더 많이 신경을 써주었다. 장녀에 대한 기대가 높은 만큼 부담감도 컸다. 동생들은 시골 밭일도 잘하면서 공부도 잘했다. 나는 일하는 걸 싫어해서인지 시키지도 않았다. 공부만 잘하기를 바라셨다. 하지만 난 공부에는 관심이 없었다. 중학교 3학년 때였다. 중학교 1학년인 동생의 영어 선생님이 우리 3학년을 잠깐 맡은 적이 있었다. 동생네 영어 선생님은 내 점수를 보더니 어이없어하셨다. “동생은 영어 1등인데 언니 점수가 이게 뭐야!” 쥐구멍에라도 들어가고 싶은 마음이었다. 나는 뭐든 잘하는 동생이 얄미웠다. 그렇게 점점 공부가 싫어졌다.

　나는 부모님 모르게 인문계가 아닌 실업계에 고등학교 입학 원서를 냈다. 나중에 이 사실을 안 부모님은 되돌려보려고 무척 노력했다. 하지만 기한이 지나버려서 돌이킬 수 없는 상태였다. 그렇게 실업계 고등학교에 입학했다. 자율학습도 없고 좋았다. 고등학교를 졸업하고 취업을 나갔다. 부모님은 그때까지도 나의 공부를 포기 못 하시고 취업을 한 딸의 마음을 돌리려고 많이 노력했다. 부모님은 나중에 후회하지 말고 제발 대학에 가라고 사정했다. 하지만 난 절대 후회 안 할 자신이 있다고 호언장담했다. 그때는 동생들이 많은 것도 짜증이 났다. 친구들은 많아야 형제가 세 명 정도였다. 그런데 우리는 다섯 명이다. 얼른 졸업해서 독립하고 싶었다. 그 시절엔 그렇게 공부가 싫었다.

절대 후회 안 할 거라고 생각했던 공부였다. 그런데 결혼해서 첫아이를 낳고 처음으로 많이 후회했다. 나는 자식에게 자랑스러운 엄마가 되고 싶었다. 어렸을 때부터 부모님의 기대가 부담스러워서 내 자식에게는 그러지 않겠다고 생각했는데 자식을 낳고 나서야 부모님 마음을 알 것 같았다. 동생들은 언니인 내가 안쓰러운지 "언니 덕분에 네 명이 모두 대학 공부를 할 수 있었어" 하며 고마워한다. 그래도 내가 취업을 한 덕분에 동생들 등록금을 내주기도 했다. 그리고 집집마다 자가용이 없던 시절에 부모님에게 자가용을 선물했다. 내가 대학에 들어가지 않아서 속상해하셨지만, 자가용을 선물했던 일은 모두에게 큰 자랑거리였다. 그 후 20년이 넘게 동네 어른들을 만나면 대단한 딸이라며 칭찬했다.

남들보다 늦으면 좀 어때? 내 나이가 어때서? 나이가 들었다고 공부를 못한다는 건 핑계지 싶다. 새로운 공부를 시작하기에 늦은 나이란 없다. 나이에 상관없이 배우고자 하는 사람은 생동감이 넘쳐나 보인다. 그리고 나이 들어서 공부하면 간절하고 행복한 마음에 뇌도 건강해지고 잘 늙지 않는다고 한다. 설렘 반 걱정 반, 지금 딱 그런 마음이다.

이 세상에 저절로 이루어지는 것은 없듯이, 지금 하는 공부가 좋은 경험이 되고 나에게 큰 자산으로 남을 것이다. 하나씩의 성취감이 쌓여 더 큰일을 해낼 수 있는 용기로 발전할 것이다. 좋은 사람과 함께하며 나를 변화시키고 더 나은 사람이 되어 행복한 삶을 살 수 있듯이, 내가 그런 좋은 사람이 되고 싶다. 그리고 배울 점이 많아서 작은 결핍도 채워줄 수 있는 그런 사람으로 성장하고 싶다. 열린 마음으로 배우고 발전해나간다면 앞으로 나는 세련된 어른이 되어 있을 것이다.

미국의 소설가 마크 트웨인의 말이 생각난다.

20년 후 당신은 했던 일보다 하지 않았던 일로 후회할 것이다. 돛을 풀어라. 안전한 항구를 떠나 항해하라. 탐험하라. 꿈꿔라. 발견하라.

이제 나는 돛을 풀고 넓은 바다를 가슴에 품고 항해를 시작해가고
있다.

· 5 ·

색시,
이거 몰라도 살아

기 현 경

동갑내기 남편을 처음 본 것은 18살 겨울, 집에서 가장 가까운 교회에서였다. 허리 디스크로 인해 고등학교 1학년을 다시 다녀야 했던 시절이었고, 갑작스러운 엄마의 유방암 투병이 시작되었던 해의 겨울이었다. 순식간에 들이닥친 절망스러운 시간 속에서 자연스레 신에게 매달리고 싶었다. 집에서 가장 가까운 교회로 발길을 향했다. 5명의 고등학생이 기타를 치며 성가를 부르고 있었다. 그런데 이게 웬일인가? 다섯 명이 부르고 있는데 한 명에게서만 후광이 비치듯 눈에 들어차는 것이 아닌가? 그 형제만 신심이 깊어 보이고 그 형제의 목소리만 귀에 들어왔다.

밤새워 기도하는 철야 기도회가 있다고 했다. 편지를 썼다. 이름도 모르는 그 형제에게. 당신이 기도해주면 우리 엄마의 병이 나을 듯하다고. 진심이었다. 얼떨결에 편지를 받아 든 형제는 그때부터 내게 관심을 가졌다. 누군지, 어떤 상황인지 주변을 통해 알아보았다고 했다. 그렇게 우리의 만남은 시작되었다.

집 앞에 잠깐 나올 수 있냐고 연락이 왔다. 조심스레 나선 대문 밖에는 새하얀 목도리를 두른 그가 서 있었다. 실베스터 스탤론을 닮은 듯한 눈썹에 이목구비가 뚜렷한, 약간 거무스름한 피부색을 지닌 그에게 흰 목도리는 눈이 부시게 잘 어울렸다. 길지 않은 골목길을 다섯 번쯤 왕복하다가 헤어질 시간이 왔을 때 눈을 감아보라고 했다. 터질 듯한 심장 소리를 스스로 느끼며 눈을 감았을 때 감겨오는 따스함, 어느새 하얀 목도리는 내게 둘려 있었다. 선물하고 싶어서 아버지께 목도리가 필요하다고 했단다. 목도리를 샀으면 둘러야지 하는 부모님들 때문에 포장을 못 하고 두르고 왔단다. 서투르지만 진심이 담긴 그의 첫 선물에 온몸이 따뜻해지는 느낌이었다.

호전되던 엄마의 병세가 악화되고 집도 이사를 하게 되었다. 동구에서 서구로 옮겼고 그는 재수생, 나는 고3이라는 이유로 1년 동안의 이별을 통보했다. 배려라곤 하나도 없는 이기적인 통보였다. 무언가를 함께 해본 적도 없고 그저 존재로 힘이 되었던 그를 자신에게 내리는 벌처럼 떼어냈다. 9월 내 생일, 엄마 병간호로 생일은 생각도 못 했던 그날, 힘없이 습관처럼 아파트 1층 우편함을 바라보았을 때 우편함에 꽂혀 있던 우윳빛 백장미 한 송이. 장미도 이렇게 따뜻할 수 있구나. 그가 걸어주던 목도리에서 느껴지던 따스함이 장미에서도 느껴졌다.

엄마는 기적처럼 호전되었다. 정신적으로 안정되어 직장 생활을 시작했다. 그때 그가 타지로 일하러 가게 되었다며 집에 찾아와서 처음으로 엄마에게 인사를 드렸다. 늘 내게서 들었던지라 엄마는 낯설지 않다며 따듯한 미소를 지어주셨다. 그리고 맞이한 스무 살 생일, 그에게서 전화 한 통 없었다. 기다리다 기다리다 집으로 전화를 걸었다. 그의 어머니가 전화를 받으시더니 "어떻게 알고 전화했냐? 오늘 춘천에 입대시키고 방금 들어왔는데." 타지로 일하러 간다고 했던 그날은 이별을 결심한 그의 마지막 발걸음이었다. 그의 고등학교 선배와 내가 사귄다는 선배의 거짓말을 믿고 혼자만의 이별을 결심했던 그였다.

군 복무 6개월쯤 지났을까, 그로부터 자작시 한 편을 받았다. 추신으로 몇 월 며칠에 휴가 나가는데 터미널에 마중 나와줄 수 있겠냐는 말이 있었다. 투피스를 입고 처음으로 뾰족구두를 신고 터미널에 나갔다. 버스 연착으로 11시간 만에 도착한 그와 함께 집으로 가는 택시 안에서 처음으로 손을 잡았다. 도저히 잊을 수가 없다고, 사랑한다고 했다.

사랑하는 연인에게 손수 짠 조끼를 선물하고 싶었다. 찾아보니 도청 거리 지하상가에 유명한 뜨개점이 있었다. 연륜과 경력이 묻어나는 사장님이 실만 구매하면 할 수 있게 가르쳐주신다고 했다. 그 시절 거금 3만 원을 주고 실을 구매했다. 이러이러하게 여기까지 해서 오라고 하셨다. 알려주신 대로 해내려고 3일 밤낮을 뜨개질만 했다. 퀭한 눈을 하고 다시 찾은 뜨개점에선 뜨개질 장인이셨던 사장님이 내 솜씨를 물끄러미 바라보셨다. 잠시 뒤 큰 숨을 내쉬며 손을 꼭 감싸 쥐며 말씀하셨다. "색시, 이거 몰라도 잘 살 수 있어."

　뜨개질을 배우는 것도 단계가 있다. 목도리는 기본인 겉뜨기와 안뜨기만 잘 조화시키면 무난히 뜰 수 있지만 코줄임과 코늘임 등의 기술이 필요한 핸드워머나 모자, 넥라인이랑 무늬가 있는 스웨터 등은 솜씨가 많이 필요한 단계이다. 그런 단계를 모두 무시하고 그저 사랑하는 연인에게 손수 만든 조끼를 입히고 싶다는 성급한 열정만으로 덤벼들었으니 당연한 결과였다.

　포기하지 않고 배움의 단계를 차근차근 밟았다. 굵은 실로 대바늘을 이용해 뜨개질의 기본 중 기본인 겉뜨기와 안뜨기 2가지만으로 고무뜨기나 변형고무뜨기를 통해 목도리를 만들었다. 굵은 실이니 목도리의 길이가 빠르게 늘어났고, 고무뜨기와 변형고무뜨기는 꽈배기가 없어 단마다 계산할 필요 없이 한 단 한 단 뜨면 되었다. 비숙련자는 보통 3~10일이 걸린다고 했지만 14일 만에 목도리를 완성했다. 강원도 양구, 4월까지도 눈이 내리는 그곳에서 복무하는 그에게 따뜻한 마음을 더해 선물했다. 지금도 방충제를 넣어 보관하고 있는 목도리는 무엇을 배우든지 기본부터 탄탄히 하여야 함을 기억하게 하는 기억의 단초가 되어준다.

· 6 ·

노후를
디자인하다

이 상 임

60대 중반이다. "어느새 많이도 먹었네." 혼자서 중얼중얼한다. 많이 먹었다고 느껴져도 배부르기는커녕 매일 굶주린 고양이 같다. 노년의 스타트 라인이 65세라고 한다면, 라인을 밟기 직전이다. 베이비부머 세대이다. 1946년에서 1964년 사이의 세대를 말한다. 노년을 맞이하는 시기이다.

'노후 준비?' 아직 먼 이야기인 줄 알았는데, 어느새 코앞에 와 있다.

'노년의 삶을 위하여 어떻게 준비할 것인가?'

'노년을 어떻게 맞고 보낼 것인가?'

나의 관심사는 노후의 삶이다. 100세를 넘긴 철학자인 김형석 교수님께서 들려준다. "얼마나 사느냐가 아니라 어떻게 사느냐"라고 한다. 명쾌하다.

노년의 삶은 준비가 필요하다. 그럼 준비를 어떻게 할 것인가 고민하였다. 준비를 위해서 나의 삶을 되돌아보려 한다. 결혼을 중심으로 유년기 및 학창 시절, 그리고 사회생활. 30~60대 중반까지 삶을 정리하는 것으로 시작한다.

26살에 결혼했다. 남편은 중매로 만났다. 당시 청주에서 직장 생활을 하고 있었다. 사무실 일을 도와주던 아주머니의 소개로 만나보기로 하였다. 아버지가 돌아가시고 막막한 생활에서 무슨 선을 보겠냐고 하였지만, 몇 번의 권유로 만나보기나 하라고 한다. 어르신의 부탁을 거절할 수 없어서 퇴근 후 가까운 다방에 선 자리를 마련하였다. 나는 혼자였고, 상대는 얼굴은 작고 갸름하며 파마를 한 머리가 생경스러웠다. 참 독특하다고 생각하고 있는데, 옆 테이블에 앉은 사람들이 형수와 예비 시어머님인 것을 알고는 당황스러웠다.

불편한 선 자리였다. 얼떨결에 나온 선 자리는 이런 것인가 보다 하고 가볍게 생각했고, 아니면 말고 하는 심정이었다. 나중에 알고 보니 머리는 파마한 것이 아니고 극도의 곱슬머리였다. 형수와 어머니가 참석한 것은, 선을 수없이 보는 바람에 작정하고 따라나섰다고 한다. 어떻게 해서든 성사시켜보겠다는 시어머니의 의지였던 것이다. 나의 형편을 알고는 모든 사정을 보듬고 함께하겠다는 맞선남이 지금의 남편이다. 결혼을 하고 첫아이를 낳았다. 남동생 둘은 청주로 고등학교를 오면서 함께 살기도 하였다. 동생들은 시댁 부모님의 배려로 학업을 무사히 마칠 수 있었다. 결혼을 하고 남매를 출산하였다.

박봉으로 꾸려가는 살림살이는 미래에 대한 희망이 보이지 않았다. 아이들 교육과 노후를 놓고 고민하였다. 교육보험이냐 연금보험이냐가 문제였다. 연금보험을 들기로 했다. 첫 노후 준비는 S생명이 전신 D생명이었을 때 연금 가입으로 시작하였다. 국민연금 제도가 없었을 때이다.

30대 때는 건축업을 하였다. 두 채의 집을 지어서 매매를 하였다. 혼자서? 아니다. 시부모님은 5남 1녀를 두었다. 남편은 넷째 아들인데, 셋째 아주버님이 건축업을 하고 있다. 시댁 찬스를 이용하여 건축업을 시작하였다. 처음 집을 지을 때 돌 지난 아들을 들쳐업고 하는 일은 쉬운 일이 아니었다. 당시 인부들에게 밥과 새참을 해주고, 부동산과 건축사 사무실로, 민원이 들어오면 동사무소와 시청으로, 현장에서 잔심부름까지 말 그대로 '노가다판'이었다. 고생스러워도 집을 완성하고 보니 뿌듯하였다.

3년 만에 첫 번째 집을 팔 때는 시원섭섭한 마음이 들기도 했다. 다음에는 번화가에 집을 짓게 되었다. 야심차게 설계에도 관여하고 실내 인테리어도 고급스러운 자재를 써서 나름 크고 번듯한 집을 지었다. 매매가 안되어 조급한 마음이 생기기도 하였다. 박봉에 이자를 내는 것도 부담이 되었다. 마음을 조이고 있을 때 집 매매가 되었다. 계약을 하고 일주일 후에 IMF 금융위기가 터졌다. 놀란 가슴을 쓸어내리면서 건축업은 자연스럽게 접게 되었다. 30대 시절은 건축업으로 세월을 보냈다.

다음으로 투자 사업을 하였다. 많은 사람들이 IMF로 힘들어할 때 위기는 기회였다. 전세로 살면서 남편 친구가 하는 유통회사에 투자를 하였다. 사실은 투자의 개념보다 사채를 융통해준 것이다.

유통회사는 금융위기를 극복하고 사업이 번창하여 이자소득이 월급과 비슷하기도 하였다. 매달 들어오는 이자는 우리 가정에 큰 보탬을 주었다. 10년 후에 친구의 유통회사는 무리한 사업 투자로 파산을 하여 원금은 사라지고 말았다. 그렇지만 이자는 원금의 세 배를 받았으니 손해나는 장사는 아니었다.

40대 때 찾은 세 번째 직업은 부동산업이다. 신개발 지역에 집을 사고 되파는 일이었다. 원룸이 있는 다세대 주택을 구매하여 살면서 관리와 매매를 하였다. 세입자가 들어오고 나가는 중개 수수료와 관리비 그리고 대출이자를 생각해보면 중개인과 은행만 배를 채워주는 일이었다.

부동산 경기 침체로 인해서 단기에 포기하였다. 시대의 흐름에 너울을 타고 살아온 세월이다. 건축업, 사채, 부동산업으로 30대와 40대를 보냈다. '복부인'으로 입성할 수 있었던 찬스는 여기까지다.

40대 후반부터는 배움에 대한 투자로 노후 준비를 하였다. 한마디로 현재까지 공주(공부하는 주부)로 살고 있다. 가정의 기반을 다지고 나서, 그동안 하고 싶었던 공부를 시작했다. 한국방송통신대학교 중문학과에 지원하였다. 중문과를 선택한 것은 인문고전을 4년 동안 공부한 기초가 있었기 때문이다. 원해서 하는 공부였기에 즐거웠고, 집중할 수 있었다. 학과 대표와 어학 경시대회에 참석하는 등 열정을 쏟았다.

노년을 준비하는 나의 삶에서 건강한 라이프스타일, 재정 계획, 사회적 관계, 학습과 취미 등이 노년을 풍요롭게 하는 필수 요소이다. 건강하던 몸이 이제는 아우성을 친다. 그래서 운동을 시작하여 꾸준히 매일 아침 같은 시간에 4킬로미터 운동을 하고 있다. 마지막 노년의 준비로 시작한 공부로 인하여 75세까지 일을 할 수 있는 직업을 가졌으니 감사하다. 학습과 취미 활동에 적극적으로 참여하려 노력하고 있다.

위에 나열한 요소를 세분하여 기획하고 실천하고, 주어진 일을 지속한다면 노년을 맞이하고 보내는 삶을 즐거운 마음으로 맞이할 것이다.

· 7 ·

무지와 무시에서
시작되다

우 미 정

'커리어 우먼'. 실업계 고등학교를 갓 졸업한 나에게 멋지게 각인된 단어이다. 취직만 하면 TV 드라마에서 본 것처럼 바로 멋진 커리어 우먼이 되는 줄 알았다. 그런데 그것은 드라마일 뿐, 나의 현실 세계에서는 커리어 우먼과 너무나도 거리가 먼, 실업계 고졸이라는 학력으로 대학 졸업 학력을 가진 사람들 사이에서 나의 자존감이 짓눌리고 있었다.

어느 날, 업무를 지시하던 직장 상사는 나의 속을 뒤집어놓는 말을 서슴없이 내뱉었다.

"여자라면 전문대 정도는 나와야지! 에이." 학력에 자부심을 강하게 느끼고 있던 직속 상사 C부장의 진심이 담긴 말이 비수가 되어 내 심장에 훅 하고 꽂혔다. '나도 당신들처럼 부모님 잘 만나서 부모님이 경제적으로 지원해주셨으면 나도 전문대가 아니라 4년제 대학도 갔을 것'이라고 확 질러버리고 싶었다. 그러나 나는 그럴 용기도 없었고, 나 자신을 스스로 책임져야 했기에 내 밥그릇에 흠집을 낼 수도, 함부로 찰 수도 없었다.

수치심과 모멸감으로 요동치는 심장을 가까스로 억누르고, 무시하는 발언을 참고 견뎌야만 했다. 이런 나의 현실이 너무 초라했다. 나의 자존감이 지하 100층까지 내려가는 것 같았다. 나의 현실을 아무리 부정해보아도 나는 고졸 출신 여직원이다. 입사 후 회사가 성장해가면서 스펙이 짱짱한 직원들이 많이 들어왔고, 직속 상사도 그들과 비교하면서 본인의 마음을 숨기지 못하고 내뱉은 것 같다. 슬프고 아픈 현실이지만 상사의 마음도 이해한다. 나도 느끼는 현실이었다.

나도 누구보다 대학 진학을 하고 싶었다. 그러나 우리 집 경제 상황은 나의 바람대로 대학 진학을 할 수 있는 상황이 아니었다. 아홉 살 무렵 아버지의 죽음, 경제력이 없는 엄마, 나는 부모님의 경제적인 지원과 지지가 아닌 형제자매들의 지원으로 중고등학교를 다녀야 했다. 나는 늘 형제자매들에게 빚진 마음으로 짓눌려 살았기에 인문계 고등학교에 가서 대학 진학을 하고 싶다는 말 한마디 못 한 채 그저 보내주는 대로 실업계 고등학교로 진학해야만 했다. 지금도 생각해보면 말한마디조차 할 용기를 못 낸 나 자신이, 그리고 어떻게 해야 할지 몰랐던 무지함과 당차지 못했던 나의 행동이 너무나도 한심스럽고 아쉬움으로 남는다.

시골 중학교 부부 교사로 아이들과 학생 보호자들과 함께 배움과정을 나누는 극적인 교직 생활을 상상했던 나의 어릴 적 꿈은 접어야만 했고, 가정 형편으로 어쩔 수 없이 가야만 했던 실업계 고등학교 생활에는 잘 적응하지 못해 아무런 꿈도 희망도 없이 찬란한 미래 같은 것은 생각조차 하지 않았다. 어둡고 어려웠던 시절 어떻게 하면 죽을 수 있을까 하는 생각으로 3년이라는 시간을 보내야만 했다. 그저 지금의 현실을 부정 또 부정하고 싶었다.

소형 가전제품을 사더라도 이 제품을 어떻게 사용해야 하는지 사용 설명서가 있다. 사용 전 설명서를 읽어보면 이 제품이 어떻게 구성되어 있는지, 어떻게 작동시켜야 하는지, 사용 시 무엇을 주의해야 하는지 알 수 있다. 작은 물건조차도 사용 설명서가 있기에 그 설명서가 길라잡이가 되어 그 제품이 주는 편의성을 누리게 된다. 그러나 나에게는 '나'에 대한 사용 설명서가 없었다.

나에게도 부모님이 계셨지만, '나'라는 존재를 지지해주고 지원해주는 든든한 울타리가 되어주시지는 못했다. 또한 나는 너무나도 소심하고, 세상을 살아가는 방법이나 사람과의 관계 등등 아무것도 모르는 무지한 상태였다. 가장 최악인 것은 '나'라는 존재에 대해서도 잘 몰랐다는 점이다. 나 자신을 사랑할 줄도, 나 자신을 소중하게 다루는 법도 몰랐기에 나 자신을 스스로 학대하고 현실의 나 자신을 부정하며 나 자신을 밀어내고 있었다. 나에 대해서조차도 너무나 무지했기에 내가 무엇을 원하는지, 무엇을 하고 싶은지, 어떻게 해야 하는지 전혀 모른 채 시간이 흘러 20대 후반이 되었다.

　회사가 성장해가면서 나 또한 성장의 필요성을 느꼈고, 미련만 남았던 대학 진학에 대해 구체적으로 생각을 하게 되었다. 경제적인 힘이 없을 때는 형제자매들에게 지원받아야 했기에 나의 인생이 나의 발언도 없이 형제자매들에 의해 결정이 났지만, 경제적인 독립을 하면서 내 인생의 사용 설명서를 스스로 만들어갈 수 있도록 스스로 선택권과 결정권을 갖게 되었고, 이에 따르는 책임감도 더 느끼게 되었다. 대학에 진학하더라도 온전한 경제적인 독립을 유지해야 했기에 나는 야간 대학을 선택하여 진학했다.
　회사 업무와 학업을 병행한다는 것이 그리 쉽지는 않았지만 나 스스로 필요 때문에 선택하고 결정하고 행동한 것이므로 그 시간이 힘들기보다는 성장해가는 시간이었기에 너무도 즐거웠다. 정시 퇴근을 해야 했기에 업무적으로 바쁜 시기에는 학교에서 학업을 마치고 늦은 시간에도 다시 회사로 와서 혼자 사무실에서 업무를 진행하기도 했다. 새벽에 들어가 잠시 쉬었다가 씻고 바로 출근해도 힘든 줄 모르고 즐겁고 행복한 시간을 보냈다.

무지함에서 앎으로 삶의 방향이 조금씩 바뀌고, '나'라는 존재에 대해서 알아가면서 '나'에 대한 사용 설명서를 조금씩 만들어가는 즐거움으로 배움에 대한 열정이 솟구쳤다. 다시 그 시절로 돌아가라고 한다면 나는 기꺼이 그 시절로 돌아갈 수 있다. 배움으로 무언가를 알아가고, 그 앎으로 나 자신의 변화와 성장이 있었기에. 무지에서 앎으로, 무시에서 인정으로 변화되어가는 것을 느꼈던 그 순간을 영원히 잊을 수 없다. 이렇게 나의 배움은 무지와 무시에서 시작되었다.

· 8 ·

소중한
채무

김 경 숙

일상의 하루는 보통 '오늘 할 일은 뭐지?', '뭐부터 해야 하나?' 등의 질문으로 시작한다. 질문에 대한 답변이 오늘 책임져야 할 채무이다. 그 외에도 우선적으로 아침에 눈을 뜨는 순간부터 챙겨야 하는 육체적 채무와, 작심삼일을 기어코 막아야 할 정신적 채무도 있다.

오늘의 육체는 어제보다 쇠퇴하여 양질의 영양소 섭취와 휴식, 그리고 적당한 운동이라는 채무를 다해야 한다. 한 해가 다르게 정신적 근육도 느슨해져 도대체 기억 공간이 있기나 한지 의심스러울 만큼 뇌의 긴장도 다잡아야 한다.

이렇게 매일매일 챙겨야 하는 소중한 채무들로 인해 하루가 바쁘게 돌아가는 편이다. 안타까운 현실은 해가 거듭해도 채무는 줄어들 기미가 보이지 않는다는 사실이다. 오히려 채무의 집행자라도 된 듯 매일 동트기를 기다려 득달같이 찾아와서 받아야 할 빚을 독촉하느라 궁핍한 삶을 쥐락펴락한다.

그렇다고 나의 생활에서 채무만 있는 것은 아니다. 채권자로서 삶의 넉넉함도 있다. 주위를 유심히 살펴보면 늘 새로운 목표나 도전과 조우하게 되어 채권의 이력은 해마다 칸을 늘려 이력서는 매년 갱신 중이다. 일 년에 두어 번 정도 통화하는 친구와는 "요즘은 뭐에 빠져 있어?"라는 질문으로 시작해서 한 시간 이상 수다는 우습게 지나간다. 아주 오래전 같은 아파트 앞집에 살던 그 친구는 늘 몸이 약해 교회 주일을 지키는 것 외에는 외출을 거의 하지 않았다. 그에 비해 나는 늘 무언가를 계획하고 실천하느라 옆집으로 흔한 마실 한 번 가본 적 없다. 오히려 그 친구가 서울로, 나는 다른 지역으로 이사 가면서 서로에 대한 안부를 더 궁금해하기 시작했다.

평소에도 궁금한 건 잘 못 참는 편이었지만 두 아이의 엄마가 되고부터 그 열정이 심해졌다. 아이들을 위해서라는 명분으로 서예 학원을 다녔고, 사진 학원과 미술 학원을 다녔다. 뿐만 아니라 피아노 학원과 논술 학원을 다녔으며, 영어 학원도 다녔다. 단순히 학원만 다닌 것이 아니라 취득할 수 있는 자격증에까지 욕심을 냈다. 그 시절 남편의 직장 따라 이사를 자주 다녔지만 어떤 도시에서든 외로울 시간이 없었다. 해마다 늘어나는 자격증으로 인해 지역사회의 부름을 받고 뛰어다니느라 두 다리보다 네 바퀴 자동차가 더 고생이 많았다.

그러던 어느 날, 독서 동호회에서 '어떻게 살아야 하는가?'에 대한 질문을 받았다. 어려웠다. 고민이 깊어졌다. 답을 찾지 못한 채, 불혹을 넘긴 어느 날, 철학적 사색을 시작했다. 왠지 답을 찾을 것만 같았다. 하지만 답을 찾는 대신 질문의 질량만 늘렸다. 심지어 그사이, 자격증은 또 늘어났을 뿐만 아니라 하루 8시간씩 고정된 전문 직무가 나의 발을 잡았다.

하루 8시간씩 꼬박 매여 있는 몸이 된 후에야 내게도 경력 단절의 시간이 있었던 것을 생각해냈다. 지방의 대기업에서 근무했다. 수직적 시집살이였지만 사회생활의 기본과 매너를 거기서 배웠다. 그때는 토요일도 오전까지 근무하던 시기였다. 동료들은 퇴근 후 미팅과 나이트클럽을 즐겼지만, 나의 에너지 방향은 수영, 테니스, 스쿼시, 탁구, 볼링, 독서 등으로 향했다. 단짝들과 함께했던 퇴근 후의 삶이 있었기에 직장 생활이 더 행복했다.

결혼 적령기에 접어들자 사랑하는 사람과 결혼 날짜를 잡고 사직서를 냈다. 결혼 후, 육아와 양육으로 경력 단절의 시간을 보냈다. 사실 그 시절엔 결혼하는 여직원은 거의 사직서를 내는 분위기라 당연하게 생각했다.

다른 한편으로 생각해보니 경력 단절의 시간이 없었더라면, 다시 말해 공부할 수 있는 시간이 없었더라면 이렇게 새로운 시작을 할 수 있었을까. 또한 자신을 재발견하는 계기와 하고 싶은 꿈을 펼칠 기회를 잡을 수 있었을까. 생각해보니 경력 단절의 시간이 진짜 나의 가치와 역량을 발견하고 '어떻게 살아야 하는가?'에 대한 방향을 찾게 했다. 다양한 고민을 하고 자격증 공부를 하는 과정에서 자신의 흥미와 적성을 파악하게 되었다. 매일매일의 학습은 나의 새로운 가능성을 느끼게 했을 뿐만 아니라 자신감과 자존감을 북돋기에 충분했다. 꾸준함과 열정을 장착하고 열심히 했고, 매일 최선을 다했다. 성실한 호기심과 열정을 따라가다 보니 오히려 누군가의 디딤돌 역할을 하는 사람으로 성장해 있었다.

하지만 지금부터 '찐' 열정의 삶을 살고 계신 분을 소개하고자 한다. 지인 중 가장 멋진 채무를 갖고 계신 분 중 한 분이다. 최고의 채무자인 이 선생님을 알고 지낸 지 20여 년이 다 되어간다. 두 다리를 나보다 훨씬 더 많이 혹사시켰고, 자동차의 바퀴도 더 많이 굴렸을 것이다. 아침 5시면 어김없이 기상해서 명상과 운동, 그리고 8시까지 집안일을 한다. 매일매일의 주도적 학습과 열정이 넘치는 분이다. 읽은 책의 내용은 공유하거나 권유한다. 요새 말로 '득템'이 따로 없다. 이 선생님의 추천은 구독과 좋아요를 보내는 것에 망설이지 않는다. 오죽하면 따라쟁이가 여럿이다. 우리 모임 중 가끔 바람잡이 선생님이 바뀌어도 그녀는 선두로 뒤따르는 것을 마다하지 않는다. 함께 새벽 버스와 기차를 타고 서울에서 목포까지 함께한 추억과 기억들이 생생하다. 그뿐이겠는가. 눈물과 감동을 전했던 소설부터 필사, 그리고 10년 일기의 홍보까지 그 선한 영향력은 우리 모임의 복덩어리다.

요즘 이 선생님은 구연동화에 헌신과 열정을 쏟고 있다. 물론 '본캐'가 따로 있지만 '부캐'로 2년 전부터 나와 공부 동무를 하고 함께 자격증을 취득했다. 가끔 놀러 오는 손자 손녀에게 구연동화를 들려주니 너무 좋아한다고 했다. 이 선생님은 여기서 그치는 것이 아니라 전문 이야기 할머니로 초빙되었다. 그녀는 매주 유치원에서 이야기보따리를 풀어내느라 여전히 네 바퀴가 바쁘게 돌고 있다.

"성실한 사람 옆에는 성실한 사람들이 모인다"라는 말은 우연이 아니다. 앞서 얘기했던, 서울로 이사 간 앞집 살던 영재 친구가 "너를 보면 뭔가를 해야 할 것 같은 자극이 된다"라고 말했을 때 언젠가 그녀도 소중하고 값진 채무를 만들 수 있을 것 같았다. 예상은 적중했다. 외부 활동과 소통을 두려워했던 친구는 '조이풀소리사랑'이라는 단체를 창단하여 도전의 즐거움을 만끽하고 있다. 그곳에서 단장이라는 즐거운 채무를 수행하고 있다.

음악으로 인생을 행복하게 살자는 취지로 안양문화예술재단의 후원을 받아 첫 공연도 성공리에 치렀다. 화려하고 웅장한 무대에서 그녀는 그 누구보다 빛나고 아름다웠다. 그녀가 불렀던 '목련화'의 가사가 아직도 생생하다. "오오오 내 사랑 목련화야 그대 내 사랑 목련화야, 오늘도 내일도 영원히 나 아름답게 살아가리." 그래, 오늘도 내일도 나의 소중한 채무를 즐기며 아름답게 살아가리라.

· 9 ·

도를
아세요?

나 기 열

"도를 아세요?"

무언가를 집중해서 유심히 살펴보는 사람들에게는 보였나보다. 그 당시 20대의 방황하고 혼란스러워하던 내 모습이 말이다. 뭔가 신비한 기운이 보인다며 옅은 미소를 지은 여성은 도를 아냐고 물으며 접근했다. 무엇에 홀린 듯 아무런 생각 없이 그녀를 따라갔고 어느새 서울 남부터미널에서 멀지 않은 지하 어딘가에 도착해 있었다. 지금 힘든 건 조상들이 몹시 불편하기 때문이니 남은 세대가 편안할 수 있으려면 제를 지내야 한다고 했다. 시키는 대로 목욕재계를 했다(추운 계절이었는지 물이 차가웠던 기억이 있다). 그리고는 제사상을 차리려면 돈이 필요하다고 했는데, 현금이 없으면 카드도 된다고 했다. 그래 어디까지 가나 끝까지 가보자 싶은 마음에 카드를 줬다. 20만 원을 넘기지 않고 그들은 제사상을 차렸다. 그들이 준 하얀 소복을 입고 제사상에 절을 했다. 그리고 그들 무리와 함께 집회 비슷한 걸 했다.

한두 시간 정도가 지난 후 이젠 집에 가도 된다고 해서 새벽쯤인가 첫 버스를 타고 집에 돌아온 기억이 있다. 지금에서야 돌아보면 헛웃음이 나기도 하고, 그 정도로 그친 건 참으로 운이 좋았구나 싶기도 하다. 아니, 운이라기엔 너무 약하고 매일 아침 자식들의 안녕을 기도해주신 엄마의 '기도발' 덕분쯤이랄까?

그랬다. 그 당시 나는 세상을 살아가는 다양한 사람들에 대해 호기심이 많았다. 그중에서도 직접 살아내면서 겪어낸 생생한 경험들이 진짜라 생각했다. 그래서 몸소 부딪치고 겪어내는 것에 겁이 없었다.

"제 이름은 나기열입니다. 저는 충남 서산군에서 왔습니다. 사이좋게 지내면 좋겠습니다." 국민학교 3학년 전학하는 첫날 아침, 엄마는 학교 가기 전에 첫인사를 연습시켰다. 두근두근 쿵쾅대는 가슴을 진정하며 들어간 교실에서 새로 만난 담임 선생님은 준비한 인사를 시키지 않고 그냥 빈자리에 앉게 하셨다. 짝꿍이 된 남자아이는 책상을 반으로 갈라 선을 긋고, 넘어오는 것은 무엇이든 뺏는 지독한 심술쟁이였다. 그렇게 예상과 다르게 엇나간 전학 첫날 이후부터 남은 국민학교 시절 내내 수줍음 많은 나는 쉽게 적응하지 못해 단짝 친구 하나 사귀지 못했다.

자식 교육이 지상 최대의 과제였던 부모님이 선택한 도시는 청주였다. 조그만 산골 여자아이에게 청주는 너무 컸고 드세고 낯설기만 했다. 소심하게 말소리도 작게 하며 없는 듯이 초등학교를 졸업했다. 중학교에 들어가서도 눈에 띄지 않는 구석 자리를 먼저 찾는 무척 내성적인 아이였다.

고등학교에 입학하고 '이렇게는 안 된다. 도전해보자'라는 생각으로 동아리에 신청했다. 운 좋게 가장 인기 있던 방송부와 문예반에 동시 합격했다. 너무 열심히, 적극적으로 재미있게 지내는 바람에 희망했던 대학에는 떨어졌지만 말이다. 당연한 결과였기에 담담했다. 그때부터였다. '안 해보고 아쉬워하느니 직접 해보고 후회하자.' 무모하고 겁 없던 시기였다. 마침 부모님께서는 남동생들은 서울에서 교육시키겠다고 이사하셨다. 결혼한 언니와 함께 청주에 남겨진 나는 말 그대로 자유였다. '그래, 마흔까지 원 없이 하고 싶은 것 다 해보고 미련 없이 죽으리라.' 속으로 까불거리며 무엇이든 부닥치고 겪어보자 맘먹었다.

그렇게 고삐 풀린 망아지마냥 날뛰더니 결국 엄마의 레이더에 걸려버렸다. 그대로 서울로 불려 올라가 엄마의 감시망에 갇혀 숨 막힌 일상이 시작되었다. 그때 유일한 탈출구로 보인 것은 결혼이었다. 그러자 수줍음 많던 중학교 시절 내내 짝사랑하며 좋아하던 교회 오빠가 보였다. 그렇게 교회 오빠였던 지금의 남편에게 결혼 안 해주면 절로 들어가겠다는 반 협박으로 6개월 만에 결혼에 성공했다. 그렇게 도망치듯 결혼을 하고 얼결에 두 아들을 낳았다. 그러다 보니 예정에도 없이 시댁에서 살게 되었다. 결혼 생활에 대한 구체적인 계획 없이 우선 결혼부터 해버렸으니 현실에 부딪쳐 내리게 된 결정이었다. 그렇게 10년을 시부모님을 모시고 아이들을 키우며 살았다.

그래도 되는 줄 알았다. 그냥 그렇게 살아지는 줄 알았다. 그러나 그냥인 건 없다. 삶이란 그냥 그런 게 절대 아닌, 정확하고 냉혹한 현실이었다. 직접 겪어낸 것만이 진짜라며 겁 없이 살아내던 나는 내 삶에 얼마만큼 성의를 표했던가? 삶의 의미는 어딘가에 숨어 있다가 문득 발견되는 것이 아니라 자신이 있는 힘을 다해 부여하는 것이다. 여기서 멈추면 안 되었다. 난 잘해내야 했다. 무모했으나 스스로의 선택이었으니 이젠 책임져야 했다. 웃으며 정성으로 부모님을 모셨고, 두 아들에겐 할 수 있는 최선을 다하기로 했다.

계획하지 않았던 결혼과 육아였기에 더욱 조바심이 났고 안달이 났다. 그러던 어느 날, 우연히 언니 집에서 발견한 수학 동화 한 질이 지금의 자리까지 나를 이끌었다. 유아교육과를 나온 언니의 선택이니 무조건 필요한 책이겠지 생각하며 구입했다. 그리고는 아이들에게 책을 잘 읽어주려고 동화 구연과 독서지도사를 공부한 것이 일을 시작하는 계기가 되었다. 교구를 활용할 때가 되자 가베를 배우고, 레고로 프로그램을 만들어 작동시키는 로보랩도 배웠다. 아이들이 커갈수록 경주를 하듯 함께 달렸다. 그러다보니 아이들만큼 함께 성장하고 있었다.

"먹어도 먹어도 배가 고파." 아이들이 어릴 적 보던 만화영화 둘리에 등장하는, 뼈만 남은 채 우주를 떠돌던 커다란 물고기가 하던 말이다. 아무리 먹어도 살로 가지 않아서 계속 배가 고프다고 호소하던 커다란 물고기처럼 배우고 배워도 또 배우고 싶은 것들이 생겼다.

새로운 책과 정보는 자꾸만 쏟아지고 사회는 갈수록 복잡해지니 늘 한없이 부족하단 열등감을 불치병으로 얻었다. 이젠 불안해하거나 조급해하지 않고 끌어안고 다독이며 살아가려 한다. 모두 새어나가지 않고 하나라도 살로 남아준다면 다행이다. 어딘가에 흔적이라도 남아 있겠지.

새롭게 펼쳐지는 3라운드. 오십이 넘으니 몸도 바뀌고 마음도 바뀌고 정신도 바뀐다. 한 달 내내 제대로 된 잠을 자지 못했다. 한 시간 간격으로 잠이 깨버리니 애써 버티다가 결국 일어나서 서성거린다. 이렇게 몸이 변화하는데 생각들이, 마음들이 함께 자라지 못해 일상이 뒤

죽박죽이 되어버렸다. 다시 차곡차곡 제자리를 찾아 정리해야 한다.

어느 날부터인가, 어깨가 묵직한 게 팔을 돌리는 것이 힘들어 물어보니 오십견이 오는 거라고 한다. 이대로는 안 되지. 다행히 운동 삼아 걸어가기 적당한 곳에 수영장이 생겼다. 당장 수영복을 사고 접수했다.

나에게 첫 시작은 두려움보다 설렘이 앞선다. 한참 어린, 두 아들과 동년배쯤으로 보이는 수강생들과 어깨를 나란히 마주하고 서 있다. 오늘도 모자를 눌러쓰고 목도리로 꽁꽁 싸매고 찬 공기를 가르며 씩씩하게 집을 나선다.

기다려. 곧 인어처럼 헤엄칠 테니.

제2장

나는 이렇게 배우고 성장했다

· 1 ·

두려움의 산을 넘어
인내의 강을 만나 성장한다

윤 종 필

지금도 잊어버릴 수 없는 주소, 경북 구미시 공단동 100번지 금오공업고등학교. 그곳에서는 3년간의 무상교육, 무상급식은 기본이고 숙박에 간식, 목욕, 이발도 해결해주었다. 1993년 3월에 그곳에서의 생활이 시작되었다. 돈을 내지 않아도 소총 한 자루를 선물로 주었다. 그대가로 여름방학의 2주는 신병교육대에서 훈련받아야 했다. 대구가 분지라는 사실을 몸소 체험하였다. 개구리 소년들의 실종 사건으로 유명해진 대구 와룡산을 행군했다. 태어나서 처음으로 20킬로미터라는 거리를 내가 걸을 수 있다는 사실에 놀랐다. 그것도 선물로 받은 소총과 20킬로그램의 군장을 메고 걸었다. 군화 속에는 물집이 잡힌 발뒤꿈치, 아픈 발바닥. 가끔 들려오는 조교의 "10분간 휴식" 소리. 이 모든 것이 16살 소년에게는 감당하기 힘든 일이었다.

지금 다시 할 수 있느냐고 물으면 자신 있게 말하겠다. "아니요"라고. 하지만 그때는 조교가 "할 수 있습니까?"라고 물으면 동기생들 모두가 "할 수 있습니다"라고 함께 외쳤다. 그렇게 대답하지 않으면 조교가 "할 수 있다고 외칩니다"라고 윽박질렀다. 힘들면 군가를 강요당하며 행군했다. 지금 생각하면 군가를 부르는 것에 집중해서 잠시 힘듦을 잊었던 것 같다. 같이하는 친구들 모두에게 무거운 총과 총소리와 화약 냄새 모든 것이 처음이다. 폭행과 단체 기합에 대한 공포가 있었다. 그 공포는 항상 우리 모두의 한계를 넘어서게 해주었다. 또 총기로 인한 죽음에 대한 두려움도 함께 있었다.

하지만 반복되고 횟수를 거듭하면서 익숙함으로 바뀌었다. 어린 나이에 동기들과 극한 체험과 극복을 경험했다. 어떤 일도 도전할 수 있는 용기를 배웠다. 모두가 함께 진한 성공 체험을 얻었다. 지금까지 삶을 살아오는 값진 경험이 되었다. 고등학교 3년의 과정에서 나는 두려움의 극복과 인내를 몸으로 배웠다.

1990년 대구 50사단 신병교육대 입교 때 두 벌의 군복을 가지고 갔다. 하나는 입교식과 퇴교식에 입을 깨끗한 군복이고 다른 하나는 훈련복이다. 한여름 신병교육대 무더위는 밤과 낮을 구분하지 않았다. 낮에는 30도가 넘는 무더위와 동고동락했고 저녁에는 내무반 천장에 달린 선풍기 하나로 12명이 살았다. 군복에 하얗게 소금이 서렸다. 하얀 소금은 전날 땀에 젖었던 군복이 마른 흔적이었다. 아니, 처음에는 그게 무엇인지도 몰랐다. 그 군복을 빨지 못하고 2주간 매일 입어야 했다. 33년이 지난 지금도 그 끈끈한 땀 냄새가 기억난다.

신병교육대는 단수가 잦았다. 어느 날은 세수하는 물도, 화장실 변기 물도 예외는 없었다. 단수되는 날에는 변을 보고 밖에 받아둔 물통의 물을 바가지에 떠서 변기를 씻어야 했다. 힘든 훈련을 받으면서 변기를 깨끗이 씻는 사람은 몇 없었다. 화장실 변기는 400명이 매일 사용하여 순식간에 오염이 되었다. 지금 생각해도 그 화장실은 너무 더러웠다. 사관학교 출신의 교관이 화장실 1칸에 훈련생 6명씩 넣고 1시간을 감금했다. 암모니아 냄새와 또 다른 향기. 몇 분이 지나지 않아 쪽잠을 자는 친구도 있었다. 너무 힘들고 지독한 여름이었다. 지금은 상상도 할 수 없는 일이다. 충격적인 사건들이 끊임없이 벌어졌다. 그때는 어떤 저항도 할 수 없는 16세 훈련병이었다. 2주간의 시간이 흘렀다. 그 시간에 인내와 끈기를 배웠다. 아니, 몸과 마음에 새겨졌다는 표현이 맞을 것이다. 몸에 난 상처에 딱지가 앉고 흉터로 변하는 것처럼 말이다.

그 시간을 3년 견디고 부사관으로 임용되었다. 걱정과 기대의 무거운 마음으로 진짜 군인이 되었다. 하지만 부대도 만만한 곳이 아니었다. 나의 첫 부임지는 충북 충주에 있는 비행장 항공 정비대대였다. 항공기 정비 기술도 배워야 했고, 저녁에는 부사관 선배들의 스트레스 해소를 위한 대상이 되기도 했다. 잠자는 시간에 군화로 소주 사발식은 가벼운 일상이었다. 불도 없는 내무반에 불침번이 깨우면 일어나서 침구를 정리하고 기다리다 기상나팔이 울리면 선배 부사관을 깨우는 일도 내 몫이었다. 그 와중에서도 나는 저녁잠을 줄이고 수능을 준비했다. 충주의 K대학교 법학과에 합격했다. 난 군 복무 중 학교에 다니면서 공부해서 시간을 아끼고 싶었다. 하지만 군대는 만만한 곳이 아니다. 1995년 7월 수원으로 발령이 났다. 퇴근 후 대학에 다니겠다는 기대는 산산조각이 났다. 너무 분하고 억울했다.

새로 부임한 수원의 부대 근처에 방을 얻었다. 마음을 다잡았다. 그때는 사법고시의 정도는 신림동이었다. 이제는 대학이 아니라 고시를 바로 준비하겠다고 마음을 먹었다. 수원에서 신림동까지 버스로는 한 3시간 정도가 필요한 거리였다. 퇴근 후 버스로 신림동에 가는 것은 불가능했다. 차를 사서 가기로 마음을 먹었다. 프라이드 3도어 차량을 샀다. 퇴근 후 출발하면 신림동까지 1시간 30분. 수업은 7시부터 10시까지 매일 3시간씩 수업이 있었다. 일주일에 3일을 다녔다. 사실은 매일 가고 싶었지만, 학원비와 교통비가 부담스러웠다. 주말에도 학원 수업을 들었다. 졸음을 참고 신림동으로 가서 수업을 듣고 정말 열심히 했다. 하지만 얼마 지나지 않아 수업 시간에 행정법 책 위에 침을 흘리는 스스로를 발견하게 되고 놀라웠다. 마음만 너무 급했다. 20대 젊은 나이지만 체력의 한계가 왔다. 용기와 인내로 해결되지 않는 영역이었다. 그렇게 1년을 수원과 신림동을 오갔다.

지금 생각하면 참 어리석었다. 나라에 젊음을 바친 대가로 받은 돈을, 조급함이 앞서서 효율적으로 쓰지 못했다. 그 시절에는 누군가 조언을 해줄 사람도 없었다. 다만, 용기를 내서 도전하고 좌절하고 실패하고 또 용기를 내고를 반복했다. 그때 사법시험 합격 후기를 실어주는 월간지 「고시계」가 나의 유일한 희망이었다. 고시계에는 수석도 있었지만 감동적인 합격 후기가 많았다. 나에게는 어려운 환경을 극복하고 사법시험에 합격해 인생을 바꾸는 사람들 이야기가 있었다. 나도 반드시 고시계에 합격 후기를 쓰겠다는 마음이 나의 유일한 희망이 되었다.

후보생 시절과 군대의 힘겨운 시간을 견디며 몸으로 익힌 용기는 선택의 순간에 힘을 냈다. 변호사가 되기 위해 군 복무 중에는 저녁잠을 줄이고 수능시험을 준비했다. 공고 전자과를 졸업했지만 법대에 입학했다. 어린 시절에 배운 끈기와 인내가 바탕이 되었다. 선택의 기준은 명확했다. 이 길이 16살에 경험한 신병훈련보다 힘든 일인가? 내 마음

속의 대답 대부분은 '아니요'였다. 그래서 공고 전자과, 대학은 법과대학, 대학원 경영학, 경영학 박사 학위라는 나름 특별한 학력을 갖게 되었다. 직업의 경험도 대기업 및 중견기업 기획실, 중소기업 인사팀, 경영지원본부장, 경영 컨설턴트, 코스닥 상장사의 CFO, 경영학과 겸임교수라는 다양한 직업에 도전할 수 있었다.

지금의 경험에서 나의 선택을 돌아보면 참 무모했다. 아주 고맙고 소중한 금오공고 3년의 세월이 많은 변화를 만들었다. 그 시절에 두려움의 산과 인내의 강을 넘은 경험이 나의 도전과 성취의 뿌리가 되었다고 생각한다. 그 시간을 함께한 동기들과 그 지독한 시간들아, 너무 고맙다. 그 후로 내 삶은 많이 달라졌다. 무엇을 해도 끝을 보려고 노력했다. 남들이 보면 참 멍청하고 독하게 살았다고 한다. 그렇게 살아와서 이제는 내 분야에서 나름 전문가가 되었다. 또 모르는 것이 있다면 당당히 물어볼 수 있는 자신감이 생겼다.

· 2 ·

나를 알아가는
인식의 여정을 즐겨라!

이 유 나

지금 이 순간 내가 가장 좋아하는 것은? 가장 하고 싶은 것은? 언제 쉬는 것을 원하는가, 언제 즐거운가? 연거푸 나에게 질문한다. 좋아하는 것에 답하지 못한다면 싫어하는 것은 알고 있을까? 그 모든 해답을 단 3초 만에 얻지 못한다면 나는 나를 잘 모르는 것이다. 이렇게 생각하는 이유가 있다.

지난 29년 동안 수많은 공부 시간 중 조직의 상사와 후배, 교육생들과 만났다. 대략 2만여 시간이 넘을 것이다. 그 사람들에게 질문하면서 알았다. 자신들을 잘 모르고 있음을 깨달았다. 그 이후 자연스럽게 자신을 향한 질문을 만들었다. 그리고 스스로 성장했음을 느낄 수 있도록 질문했다.

이 시대를 살아가는 보통의 엄마들도 자기 스스로에 대해서 잘 모른다. 아들이 좋아하는 메뉴, 남편이 좋아하는 취향, 부모님의 최애 스타일, 학원 선생님의 커피 취향까지 그동안 타인을 위해 질문하고 답을 찾아왔다. 그 속에 엄마 스스로는 빠져 있었다. 다음에, 이따가 물어볼게 해두고 그 순간을 진짜 만나지 못해왔다. 나 자신에게 그동안 삶에 대해 질문하는 시간을 가지지 못했다.

어느 순간 제로의 위치에 나를 가져다놓겠다고 마음먹었다. 영점 조절을 끝내고 나를 저울 중앙에 놓았다. 세상의 중심을 '나'로부터 시작하겠다고 생각했다. 자기를 알아가는 여정이 꼭 필요하다고 나름의 답을 찾아낸 것이다. 첫 시작으로 '나 이유나는 누구인가'를 물었다. 나 스스로가 아닌 가족 속의 나, 조직 속의 나로 답하고 있었다. 나 스스로에게 성격과 매력을 구분해보라고 했다. 한참이 걸렸다. 어느 리더십 과정의 교육생이 기막힌 답을 했다. "나의 성격은 좋다. 나의 매력은 많다." 답을 듣고 누구나 슬그머니 웃음이 나온다. 먼저 성격과 매력, 그 구분이 되지 않는다. 내 것을 찾기는 더욱 어렵다. 조금 더 깊숙이, 언제 변화하는지를 물으면 그 답은 더욱 가관이 된다.

나도 나를 잘 모르면서 타인을 가르치는 일을 오랜 시간 하고 있었다. 내가 하고 싶은 것과 하고 싶지 않은 것을 몰랐다. 그냥 하는 것이라고 생각했다. 그것을 왜 하는지, 왜 싫어하는지도 모르는 것이 한계였다. 그냥 좋아하는 척하며 살았다. 착각을 하고 있었음을 어느 순간 반성했다. 나도 잘 모르는 나를, 알고 있는 척하며 지내왔다.

다시 나의 성격, 기질에 대해 질문을 받았다고 가정해보자. 생각해 본다. 그리고 결론적으로 잘 모르겠다는 답을 하게 된다. 성격, 기질과 관련된 내 경험과 기억을 꼼꼼히 소환해 오지 못하기 때문이기도 하다. 나의 삶에 가장 흥미로운 것은 무엇일까! 열정의 발견은 언제이고, 어디서일까. 누구와 함께할 때 가장 행복할까? 조금 더 고민해보자. 이렇듯 평소 자신에 대한 인식, 알아차림은 반드시 스스로 해낼 수 있어야 한다. 자기 인식의 여정을 통해 뿌듯함을 느끼는 것은 자기 성장의 첫 계단이다. 반드시 스스로 제로 포지션에 놓아야 한다. 그 영점 조절을 통해 자기 본연의 모습들과 마주하는 것이 필요하다.

나는 흥미로운 교육들을 실제 과정으로 개발, 진행하고 있다. 가장 아끼는 과정은 2가지 질문 수업이다. '행동변화를 이끄는 리더의 질문', '관점전환 리프레임 질문법'이다. 이 두 가지는 제자들의 편지로부터 시작되었다. 몇 해 전까지 리더십 과정으로 해외 MC나 KT 과정들이 주로 진행되었다. 여러 명의 리더들이 감사 편지를 보내왔다. 리더십을 잘 이해할 수 있었다고 정리했다. 그런데 리더십을 어떻게 펼쳐서 보여줄 수 있는지를 마지막에 물었다. 편지에 답장하면서 꼭 의미 있는 질문에 도전해보기를 추천했다. 질문하는 능력이 리더십의 가장 많은 변화를 보여줄 수 있는 것이라 확신했다. 입보다는 귀를 열어두라고 조언했다. 자연스럽게 그들의 고민에 맞추어 새로운 질문 과정을 탄생시켰다. 학습자들과 배우며 함께 성장하는 시간은 언제나 나에게 가장 의미 있는 순간들이다.

얼마 전 '좋다좋다좋다' CF의 여행사 구성원들과 만났다. 2024년 1월 라스베거스 CES, R1 영상으로 시작했다. 휴대폰 절반 크기의 똑똑한 AI 기계이다. 음성으로 질문하면 놀라운 속도로 정확한 답을 말해준다. 199달러, 합리적인 가격으로 많은 사전 예약 판매되었던 제품이었다. 스탠포드 대학의 ALOHA 로봇도 멀티 이모님으로 소개했다. 반려묘 대상 로봇, 셰프 로봇, 세탁 로봇, 침대 정리 로봇 등 모두 가지고 싶다고 했다. 결론적으로 AI 인공지능을 인간이 이길 수 있는 특별함으로 감성지능을 설명했다. 그래서 "만약 신께서 안 넣어주신 것이 있다면 무엇인지" 물었다. 실제 예능 방송의 조세호님 질문이었다. 화면 속 단발의 어린 여학생의 대답은 놀라웠다. "신은 나에게(천천히, 잠시 쉬고) 남김없이 전부 다 넣어주신 것 같아요." 어른들은 흉내 내지 못할, 지혜롭고 자존감 넘치는 답변이었다.

여행사 직원들의 답은 참으로 진지했다. 그 진지한 답들은 '공부머리, 일머리, 콧대, 막대한 돈, 부지런함, 냉철함, 인내심, 참을성' 등 다양했다. 공부머리가 가장 먼저 눈에 들어왔다. 젊은 MZ세대에게 '공부머리', 즉 진짜 공부는 무엇인가를 되물었다. 인생 공부, 사람 공부, 요리 공부, 운전 공부, 악기 공부, 가구 공부, 그리고 상상도 하지 못할 다양한 공부들을 전했다. 긍정의 고개 끄덕임을 확인했다. 자신에게 더 이상 없을 것 같았던 기회를 얻은 듯했다. 안도의 긍정이랄까? 앞으로의 세상 공부는 그들에게 가능성, 그 기회가 충분히 준비되어 있다고 설득했다.

내 삶의 영감을 설득해준 사람은 사이먼 시넥이다. 나에게 리더십과 골든써클(why-how-what)로 생각의 틀을 마련해준 전문가이다. 나의 모든 것을 가장 먼저 '왜' 하는지 설득해준 최고의 깨달음이 골든써클이다. PT와 설득의 상황에서 골든써클 노하우를 잘 전수받은 제자들은 다양한 분야에서 1등을 하는 놀라운 성과를 얻었다.

세상 속 공부는 영원하다. 누구든지 세상 공부 'why'에 답을 찾는 탁월한 비법은 내가 누구인지를 먼저 아는 것부터 시작된다. 언제든 성공의 갈림길에서 'why'를 떠올려보자. 끝까지 해낼 수 있는 숨은 에너지는 바로 나로부터 얻게 될 것이라 힘차게 믿어보자.

· 3 ·

세상은
아는 만큼 보인다

윤 은 순

||||||||||||||||||||||||||||||||||||||||||||||||||||||||||||||||||||||||||||||||||||||||||||||||||||||||||||||||||||||||||

나이 많아서 늦었다구요? 100세까지 산다고 하니 지금도 늦지 않았다. 평생 공부해야 하는 시대이다. 방송통신대 졸업을 앞둔 학기였다. "은순 씨, 대학원 공부 함께 해볼래요?" 스터디 팀원이었던 H 언니가 대학원에 가자고 한다. 넉넉하지 않은 살림이다. 먼저 대학원 등록금이 떠오른다. 충북대학교 교육대학원은 계절학기제로 운영되는 국립대학교이다. 사립대보다 등록금이 저렴하다. '청소년상담사' 자격증이 있으니 취업해서 등록금을 벌 수 있기에 시작했다.

나는 목표가 생기면 적극적으로 행동하는 성격이다. 내가 입학하는 대학원은 현직 교사들의 재교육을 위한 특수대학원이다. 일반인으로 입학하는 게 쉽지 않다. 공부만 하는 일반인 대학원생은 나 혼자였다. 첫 학기 등록금은 생활비를 쪼개어 해결했다. 청소년상담사로 취직해서 등록금을 마련하는 게 생각처럼 되지 않았다. 나이 마흔 살 넘은 아줌마를 채용해주는 곳은 없었다. 이력서를 쓰고 면접 보기를 반복했으나 취업이 쉽지 않았다.

성적 장학금으로 등록금을 해결하기로 생각을 바꿨다. 다음 학기부터 등록금은 전액 장학금이다. 일하면서 공부하는 동급생들(현직 교사들)과 다르게 공부에 집중할 시간이 많았다. 전 학기 전 과목 'A+' 성적으로 석사 학위를 받았다. 졸업을 위한 논문 주제는 「일반 청소년과 영재 청소년의 진로성숙도 비교연구」이다. 평소 청소년상담사로서 청소년들의 진로에 관심을 가지고 진행한 연구물이다. 대학원 공부는 훗날 청소년상담실 근무와 중학교 상담실 근무로 연결되는 과정이었다.

평소 화를 잘 내지 않는 남편이 무척 화가 났다. "충주로 계속 출근할래? 아니면 이혼을 할래." 한 시간이 넘는 거리를 출퇴근할 때의 일이다. 청주에서 취업이 되지 않아 충주 청소년상담실에 취업했다. 아들이 기숙사 생활하는 고등학생이고 딸이 중학교 다닐 때다. 남편이 아파트 문을 열어주지 않는다. 퇴근하고 집에 왔는데 아파트 문이 열리지 않는다. 문을 두드리니 옆집에서 무슨 일이냐고 한다. 그래도 남편은 아파트 문고리를 풀어주지 않는다. 할 수 없다. 찜질방에서 자고 다음 날 충주로 또 출근했다. 한 달 월급이 130만 원이다. 출퇴근하는 자동차 휘발유 값이 80만 원이다. 나는 한 달에 50만 원을 벌기 위해 한 시간 넘는 거리를 출퇴근한다. 누가 봐도 바보 같은 직장 생활이다.

남편이 화나는 이유는 또 있다. 어른인 본인도 불 꺼진 집에 오는 게 싫은데 사춘기 중학생 딸은 어떻겠냐고 한다. 기숙사 생활하는 아들이 주말에 와서 짜장면을 시켜 먹는다. 일하는 엄마를 둔 아이들의 현실 모습이다. 청소년상담을 하는 나는 내 아이들을 잘 돌보지 못하는 엄마다. 남편의 제안 이후 상담실에 사표를 냈다. 사표 쓰고 퇴근하던 길에 대학원 동기생인 현직 선생님을 만났다. 청주 S중학교에서 상담사를 구한다고 한다. 학력, 자격증, 경력 등을 고려했을 때 내가 적임자다. 간단히 교장 선생님 면담 후 바로 월요일부터 출근이다. S중학교는 집에서 가까웠고 5시면 퇴근이다. 그러나 청소년상담사로서의 일은 여기서 마무리했다. 적성에 맞지 않았기 때문이다.

나는 운이 좋은 사람이다. 방송통신대학교 졸업할 때 취득해둔 평생교육사 자격증이 유용하게 쓰였다. 평생교육사 자격증이 국가전문자격증으로 도입된 2003년에 졸업하며 자격증을 취득해두었다. 지역사회교육론을 배울 때 외국에서 공부하고 오신 교수님 강의를 들었을 때이다. 지역사회교육이 일상화된 외국 사례처럼 우리나라에도 평생교육 시대가 곧 온다는 강의였다. 20년이 지난 지금 평생교육 시대는 현실이 되었다. 평생교육이나 평생학습이라는 말이 낯설지 않다. 최근엔 은퇴를 앞둔 사람들뿐만 아니라 미래 진로 준비를 위해 평생교육사 자격증을 많이 취득한다.

그러니 평생교육사 자격증 발급 원년에 자격증 취득은 선견지명이다. 남편의 사업 부도로 일할 수 없을 때 평생교육원을 설립할 수 있었기 때문이다. 크롬 볼츠의 진로선택 이론 중에서 '계획된 우연 이론'이다. 평생교육사 자격증을 취득할 때부터 무엇을 하겠다는 계획은 없었다. 남편 사업 부도라는 우연한 사건이 생기면서 평생교육사 자격증은 내게 유용한 자격증으로 활용되었다.

예전에 모르면 약, 알면 병이라고 했다. 지금의 세상은 내가 아는 만큼 보이는 세상이다. 방송통신대 공부를 시작하지 않고 평범한 전업주부로 살았다면 지금의 나는 없다. 남편 사업이 번창하던 시절 골프 치며 여가생활을 즐겼다면 지금 나는 무엇을 하고 있을까. 남편 말처럼 쉰 살 넘어 박사과정 공부를 멈추었다면 지금의 위치에 있을 수 있었을까 생각해보았다. 이상하게도 배우면 배울수록 부족함을 느낀다. 공부란 하면 할수록 배울 게 더 많이 보인다. 배움의 맛을 모르는 사람들은 무엇을 하는지를 모르는 것 같다. 심심하다고 한다. 가벼운 여가생활로 채워지지 않는 자기 성장을 모른다. 개인심리학에서 아들러 이론에 의하면 인간의 성장은 자기 열등감으로부터 시작된다고 하였다. 부족함을 채우기 위한 노력이다. 조금 늦은 나이에 시작했던 공부가 세상을 보는 시야를 넓혀준 것이다. 내 삶의 내적 풍요로움을 주었다.

나에게 하루 24시간은 부족하다. 하루를 규모 있게 활용하기 위해 메모하는 습관이 생겼다. 아침에 일어나면 휴대폰에 적힌 하루 일정을 보며 시작한다. 요즈음 글 쓰는 일에 새로운 도전을 한다. 나를 마주하는 공부이다. 시간적 여유는 없지만 내 삶을 되돌아보고 성찰하는 과정이다. 낮에는 일하고 운동하고 친구들을 만난다. 저녁에는 청주시민대학에서 '동영상 편집'과 '생성형 AI 활용'을 배운다. 주말에는 '인싸처럼 말하는 법'을 수강한다. 배우는 데 특별한 목적은 없다. 인생 후반을 준비하면서 쓸모 있는 사람이 되기 위한 준비이다. 청주는 결혼 후 아이들이 성장하고 남편 첫 직장이 있는 지역이다. 어려움도 있었지만 내가 성장한 지역사회이다. 봉사라는 가치를 실천하고 싶었다. 교육학 공부와 직업상담, 그리고 평생교육 분야의 전문성을 인정받아 '충북평생교육사협회' 부회장으로 봉사한다.

· 4 ·

책에 풍덩 빠지는
즐거움이 있다

권 순 미

책을 좋아해서 배움의 즐거움을 알아간다. 독서의 즐거움은 지식과 상상의 세계로 나를 초대한다. 우연히 놀러 간 친구네 집에서 오빠가 읽던 책을 빌려다 읽기 시작했다. 책은 언제나 나의 즐거운 놀이터였다. 『초한지』, 『삼국지』 등 중국 역사 소설을 시작으로 조금씩 책을 좋아하게 되었다. 고등학교 때는 만화방에서 빌려 보는 하이틴 로맨스에 푹 빠지기도 했다.

책이 좋다는 것은 누구나 알고 있다. 하지만 내 친구는 책만 펼치면 졸음이 쏟아져서 읽기가 쉽지 않다고 말한다. 나는 오히려 책 한 권을 잡으면 끝까지 읽고 싶어서 책을 내려놓지 못할 때가 종종 있다. 도서관에 가면 꼭 읽을 것만 두세 권 빌려 와야지 하고 간다. 그런데 집에 돌아올 때는 책이 바구니 가득 있다. 잠을 자러 침대로 갈 때 읽지 않더라도 들고 들어간다. 그래야 마음이 편하다. 집 안 여기저기에도 손만 뻗으면 잡을 수 있는 곳에 책을 둔다. 차에도, 가방에도 책을 습관처럼 가지고 다닌다. 나는 여행 중에 책 읽기를 가장 좋아한다. 비행기 안에서, 그리고 수영복을 입고 바다를 바라보면서, 벤치에 누워서 책을 읽을 때 가장 행복하다. 여행 중에 읽은 책은 오랫동안 기억에 남는다. 책은 나의 좋은 친구다. 삶이 지치고 힘들 때 책은 언제나 내게 위로와 행복을 준다.

우리 동네 서점에서 독서토론을 한다고 문자가 왔다. 처음 가보는 독서 모임이다. 어제 미리 챙겨놓은 원피스를 입고 거울을 보았다. 독서 모임과 잘 어울리는 것 같았다. 서점에 도착하니 몇 명의 회원분이 와 계셨다. 진행을 맡으신 작가 선생님이 환한 얼굴로 반갑게 맞아주었다. 모임은 각자 자기소개로 시작됐다. 모두 책을 좋아하는 사람들의 만남이라서 재미있었다. 옆에 앉은 언니가 내게 "열심히 듣는 걸 보니, 제일 먼저 책을 쓰겠어요?" 하며 웃었다. 한마디라도 놓칠까 봐 목을 쭉 빼고 듣는 모습이 열정 있어 보였나 보다.

책을 좋아하는 사람들과 똑같은 책을 읽었는데 각자 좋아하는 부분도 다르고, 생각도 다르다. 팀 페리스의 『타이탄의 도구』에는 '낯선 사람을 따뜻하게 맞이하라. 그는 변장을 한 채 당신을 찾아온 천사일지도 모르니까'라는 대목이 있다. 가만히 생각해보니 독서 모임에서 알게 된 모든 분이 천사였다. 모두 너무나도 닮고 싶은 분들이다. 내 삶을 가장 많이 바뀌게 만든 분은 작가 선생님이다. 작가 선생님은 열정이 대단하신 분이다. 옆에 있는 것만으로도 힘이 난다. 어떤 걸 물어봐도 유쾌하게 가르쳐주신다. 내가 만나는 사람들이 어떤 사람들인지는 중요하다. 나도 모르게 영향을 받기 때문이다.

선생님의 추천으로 좋은 책들을 많이 읽게 되었다. 『훔쳐라 아티스트처럼』은 나에게 신선한 충격을 주었다. 글은 단어와 문장들을 훔쳐오는 거라 한다. 아이디어를 훔쳐서 내 말로 자기화하는 과정이 필수적인 창조의 과정이다. 그리고 아이디어가 떠오르면 언제든지 적을 수 있게 메모지와 펜을 들고 다니라고 한다. 그래서 수시로 나만의 어록을 만들어보기도 했다. 매일 읽기만 했던 책이었는데 조금씩 쓰는 용기를 내보았다. 나도 모르게 좋은 글을 보거나 좋은 아이디어가 떠오르면 바로 메모를 하는 습관이 생겼다. 메모하지 않으면 깜빡하는 찰나에 무슨 아이디어였는지 기억이 나지 않는다.

이유미 작가의 『편애의 문장들』을 통해 이렇게 사소한 일상의 에피소드도 글감이 될 수 있다는 걸 알았다. 머리를 식혀주는 것 같은, 시원한 느낌의 책이다. 이유미 작가의 글에 푹 빠지다 보니 나도 모르게 띄엄띄엄 올리던 블로그에 나의 일상을 올리고 있었다. 이유미 작가는 밑줄 서점을 운영하고 있다. 밑줄 서점이라는 이름이 재미있다. 일부러 밑줄을 그은 책만 사는 사람도 있단다. 도서관에서 책을 빌려서 읽다 보면 밑줄을 그어놓은 책이 가끔 있다. 예전에는 '누가 이렇게 모두 보는 책에 낙서할까' 하며 투덜댔다. 그런데 지금은 '이 사람은 이 부분이 좋았구나' 하며 나와 생각이 같은가 보다, 아니면 다른가 보다 하며 다른 사람 생각도 알 수 있어서 좋다. 생각을 바꾸니까 세상이 달라 보였다.

선생님이 소개해준 『운을 부르는 습관』은 운이 좋은 사람이 되길 원한다면 꼭 읽어야 할 책이다. 나는 어떤 인생을 살고 있는지, 어떤 인생을 살고 싶은지에 대해 깊이 생각해보는 기회가 되었다. 우리의 마음가짐이 바뀌면 삶이 바뀌어간다. 말이 씨가 된다는 말처럼, '나는 운이 정말 좋은 사람'이라고 말하고 믿는다면 운이 좋은 사람이 된다고 한다. 운이 내 의식으로 통제될 수 있다는 말이 놀라웠다. 내가 원하는 대로 될 수 있다니 신기했다. 이 책을 통해 운은 특별한 사람에게만 오는 것이 아니란 걸 배웠고, 신기하게 나의 운도 서서히 바뀌고 있다는 것도 알았다. 주위에 좋은 운을 부르고 있는 사람들이 많아졌다. 좋은 운의 사람들을 만나다 보니 공부도 시작하게 되었다. 그리고 공부하게 되면서 인간관계가 더 좋은 사람들로 채워져가고 있다. 지금 시절 인연은 책을 좋아하고 공부하는 사람들로 바뀌어가고 있다. 이 다음 시절 인연은 또 어떤 사람들로 이어질지 기대해본다.

　책을 읽거나 공부하는 일을 꾸준하게 지속하기는 쉽지 않다. 혼자 하다 보면 지치기도 하고 꾀가 나기도 한다. 그래서 독서 모임, 스터디 등을 함께하는 것을 좋아한다. 함께하면 부족한 점도 채울 수 있고 다른 사람의 관점도 배울 수 있다. 열심히 읽고 공부하는 사람들을 보면 동기부여도 된다. 그래서 나는 독서 모임이 좋다.

　봄이 시작된 지 조금 지났다. 오늘은 코끝이 찡할 정도로 찬 바람이 불어온다. 한 해의 새로운 출발을 알리는 따뜻한 봄날이 질투가 났나 보다.

· 5 ·

찢어진
얼굴

기 현 경

||||||||||||||||||||||||||||||||||||||||||||||||||||||||||||||||||||||||||||||||||||||||||||||||||||||||||||||||||||||

쌀쌀한 11월 초의 오후, 아파트 건너편 신협에 들렀다. 고객용 소파
에서 초등학교 저학년으로 보이는 남매가 코코아를 홀짝이며 먹고 있
었다. 코코아는 초콜릿과 마찬가지로 카카오 열매를 가공해 만들어진
다. 코코아를 마시면 엔도르핀 분비를 자극하고, 스트레스 호르몬인
코르티솔을 억제한다고 전문가들은 말한다. 전문가들의 말을 빌리지
않아도, 피로할 때 코코아 한잔이면 우울함과 피로감을 떨치고 행복
한 기분을 느낄 수 있다.

　고객용 서비스로 마련된 자판기에서 코코아 버튼을 눌렀다. 뜨거운

코코아를 홀짝홀짝 두 모금 정도 마셨을까? 일을 보던 아이들의 엄마가 뒤돌아보더니 소리쳤다. "너희 지금 코코아 마시니? 코코아 마시는 거야?" 격앙되고 날카로운 음성, 엄한 눈빛이 아이들뿐만 아니라 신협 공간 전체를 채워주던 햇살마저 쫓아냈다. 코코아 한잔으로 아이들이 어떻게 되지는 않을 것 같은데, 편안하고 따스하게 시간을 보내던 아이들이 긴장으로 움츠러드는 것이 안타까웠다. 나도 모르게 말과 행동이 튀어나왔다. "저, 코코아를 먹으면 안 되나요? 왠지 먹으면 안 될 것 같아서요."

들고 있던 코코아 잔을 내밀며 낯선 타인이 당혹스러워하는 표정과 어리숙한 말투로 건넨 말에 긴장했던 신협 직원이 웃음을 터뜨렸다. 아이들의 엄마도 그제야 타인을 의식했던지 "아니에요"를 내뱉고 하던 일에 집중했다. 다시 평화롭게 남은 코코아를 마시는 아이들을 보며 예전의 내 모습이 떠올랐다.

신혼 초에 자연 유산을 했다. 설레고 두려운 10주를 보내고 심장이 뛰는지 초음파 검사를 받던 날, 심장이 뛰지 않는다고 했다. 생각할 겨를도 없이 산부인과 진료대에 누워 아이를 긁어내고 왔다. 흔히 있을 수 있는 일이라는 담담한 의사의 말을 뒤로하고 집에 와서 한참을 울었다. 그즈음 남편의 직장이 전주로 발령이 났다. 처음으로 고향을 떠나 타지로 이사를 하고 낯설고 물설어하고 있을 때 지금의 첫째가

들어섰다.

타지, 의지할 사람 하나 없던 그때 입덧으로 된장국을 먹고 싶었다. 참다 참다 스스로 한 솥을 끓여 몇 날 며칠을 먹었다. 찬 공기를 들이마시다가도 구역질할 정도로 심했던 입덧이 가라앉던 임신 16주, 산부인과에서 양수 검사를 권했다. 나중에야 안 일이지만 지금도 양수 검사는 태아에게 몹시 위험할 수 있다고 했다. 첫아이를 잃었던 두려움을 파고드는 의사의 말에 거금 50만 원을 내고 배에서 주삿바늘로 양수를 채취하는 검사를 받았다. 웃풍이 심한 집이라 시집올 때 마련한 두툼한 공단 솜이불을 깔고 자던 겨울이었다. 극심한 통증도 없었다. 예민한 편이라 생리혈이 조금만 흘러도 잠을 깨는데 아침에 일어나서 솜이불 한가득 쏟아진 피를 보고서야 하혈을 알았다. 병원에서 이 정도 양이면 아이가 살아 있을지 모르겠다고 했다. 기적처럼 아이의 심장이 뛰고 있었다.

그때부터 병원 생활이 시작되었다. 유산 방지 링거를 꽂고 소변을 받아내고 어떻게든 아이를 살리고자 최선을 다했다. 남편은 전주에서 일하고, 난 광주에서는 산부인과 진료를 가장 잘한다는 병원에서 입원 생활을 했다. 결혼과 함께 시작했던 적금을 깨서 병원비를 마련했다. 태아가 2킬로그램만 넘으면 인큐베이터에서 살릴 수 있다는 희망으로 임신 8개월이 될 때까지 24시간 유산 방지 링거를 꽂고, 먹고 누워서만 생활했다. 이제 퇴원해도 된다는 의사의 말에 기쁨에 겨워 준비하고 있는데 갑자기 뜨거운 물이 다리 사이로 콸콸 쏟아졌다. 아기가 아직 2킬로그램이 채 되지 않았다. 의사가 어떻게 하겠냐고 물었다. 포기하라고 말하고 싶다고. 그러나 이제껏 노력한 두 분이 결정하라고. 포기하지 않겠다고, 제발 도와달라고 애원했다. 아이가 쏟아지지 않게 자궁 입구를 꿰매는 시술을 받았다. 참으로 오묘한 신비다. 끝나지 않을 것 같던 9개월의 시간이 지나 예정된 분만일에 4킬로그램의 건강한 사내아이를 만났다.

아들의 탄생은 축복이었다. 임신 기간 동안 많은 어려움을 이겨내고 인내와 정성으로 낳은 아이였다. 너무나 소중하였다. 잘 키워야 한다는 부담도 있었다. 아들을 키우면서 나도 모르게 "안 돼! 위험해! 하지 마!"를 셀 수도 없이 입에 달았다. 아들은 건강하고 활발하였다. 아마도 임신 기간 동안 병원에 입원하여 누워만 있을 때의 답답함이 영향을 미쳤는지 모른다. 아들은 활동량이 많고 창의적이고 기발한 사고를 할 때가 많다. 주방 옆 베란다에 저장해놓은 식용유를 죄다 짜서 가루세제 한 통을 다 부어 섞어 비비며 놀기도 하고, 이웃집에서 비누를 만들어 굳히고 있던 양잿물을 찍어 먹어 혼비백산하여 병원으로 달려가는 일도 있었다.

그렇게 자라던 어느 날, 그날도 장난감을 가지고 노는 아들에게 잔소리하며 막아서고 있었다. 아들이 턱시도와 웨딩드레스를 입고 있는 남편과 나의 사진을 향해, 아니 정확하게 내 얼굴에 장난감을 던졌다. 오른쪽 눈을 맞힌 장난감은 액자 속 사진을 찢고 튕겨 떨어졌다. 아이가 잠든 뒤, 찢어진 사진을, 내 얼굴을 한참 들여다보았다. 무언가 잘못되었다는 생각이 들었다. 어린 것이 얼마나 힘들고 답답하고 미웠으면 이렇게 표현했을까?

　부모 교육을 찾았다. 자녀 양육에 대한 서적들을 찾아 읽었다. 부모란 거저 되는 것이 아니라는 것을, 부모는 자녀에게 이바지하는 것이지 기대하는 것이 아니라는 것을 깨우쳤다. 때로는 아들을 보며 '내 아이가 아니라 옆집 아이다'를 되새기며 조급증과 분노를 조절했다. 첫째는 올해 24살이다. 군대도 현역으로 잘 다녀왔다. "엄마, 우리 가족처럼 부모님과 대화가 잘 통하고 화목한 집은 드문 것 같아. 친구들 이야기 들어보면 정말 장난 아니야" 한다.

　자녀만 크는 것이 아니라 부모인 나도 자라고 있음을 깨달았다. 지금도 찢어진 눈 주위를 테이프로 붙여놓은 액자는 안방 침대 건너편 잘 보이는 벽에 자리하고 있다. 조급해지거나 사랑이란 이름으로 내 마음만 앞서는 부모가 되는 것을 막아주는 방패 역할, 몸과 마음 모두 건강하게 성장해준 아들을 보며 그 당시 알아차림에 감사를 전한다.

· **6** ·

글쟁이
할머니

이 상 임

'글쟁이 할머니'로 살기로 했다. 목표는 책을 출간하는 것이다. 나에게는 보석 같은 손주가 4명이다. 초등학교 입학한 손녀가 글을 읽기 시작한다. 손주들이 자라서 할머니가 써놓은 글을 읽어주기를 바라는 마음이다. 목표를 위하여 세 가지 계획을 세워본다. 첫째, 일기를 쓴다. 둘째, 진솔한 경험을 쓴다. 셋째, 성장하는 글쓰기를 한다. 1년은 준비 기간으로 정한다. 다음 해에는 출판에 도전한다. 성급하다고 할 수 있지만 도전한다. 글쓰기의 기본인 독서와 기록을 습관화하려고 노력하는 중이다.

글쓰기는 일기 쓰기에서 시작된다. 일기는 기록과 관련 있다. 기록은 바로 역사, 즉 가족이나 개인의 역사이기도 하다. 나의 글쓰기 역사는 언제부터일까. 선사시대 사람들이 그림으로 역사를 기록하였듯이 나의 글쓰기도 그림이었다. 국민학교 1학년 때 글자를 모르는 나에게 그림일기 숙제는 첫 글쓰기였다. 학교에서 교과서가 나오면 아버지는 지난해 달력으로 책과 공책의 표지를 싸서 겉표지에 제목과 이름을 써준다. 크레파스가 없어서 연필로 그림을 그리고 엄마와 호롱불 밑에서 떠듬떠듬 글씨를 썼다. 다음은 방학 때 일기 쓰기이다. 일기는 방학 숙제 중에 가장 하기 싫은 것이었다. 그래서 개학을 며칠 앞두고 한 달 치 일기를 속전속결로 쓰든가, 아니면 글을 잘 쓰는 다른 반 친구 일기를 베끼는 것이 초등학교를 졸업할 때까지의 글쓰기였다.

나에게 일기 쓰기는 풀기 어려운 숙제였다. 숙제를 풀기까지는 오랜 시간이 걸렸다. 새해가 되면 어김없이 다이어리를 사서 쓰기 시작한다. 해마다 되풀이되는 작심삼일이었다. 일기를 제대로 쓰기 시작한 것은 결혼 이후이다. 살림살이를 챙기고 아이를 키우는 가운데 틈틈이 책을 읽었다. 책 읽기는 자연스런 습관이 되었다. 특히 싫어하는 사람이 있으면 시선을 피하기 위해 책에 더 집착한다. 책을 읽고 나면 휘발되는 것이 아까워서 일기에 간단하게 정리를 하고 내 생각을 써넣었다.

읽고 생각하고 일기를 쓰는 즐거움을 오래도록 지속하였다. 이사를 자주 하였던 터라 써놓은 일기는 어느 순간 사라져버렸다. 그래서 3년 일기장을 쓰기로 하였다. 매일 일기를 쓸 때면 1년 전, 또는 2년 전의 오늘을 알 수 있다. 매일 역사와 마주하는 즐거움이 있다. 현재는 10년 일기장을 쓰기 시작하여 3년째 쓰고 있다. 일기는 나의 역사를 말해주고, 글 쓰는 소재를 주기도 한다.

글쓰기와 독서는 수어지교(水魚之交)와 같다. 수어지교는 '물이 없으면 살 수 없는 물고기와 물의 관계'라는 뜻이다. 책에서는 진솔한 경험을 만날 수 있다. 나와 같은 어려운 일을 만날 때는 함께 공감하고 울기도 한다. 진솔한 이야기를 해주는 친구는 책이었다. 책과 대화하면 즐겁다. 신혼 시절은 즐거운 추억보다 부부 싸움 기억뿐이다. 술과 친구를 좋아하는 남편은 음주 운전을 하기도 하고 자정이 넘어서 귀가하는 것이 일상이었다. 툭하면 한밤중에 친구들과 집으로 쳐들어오는 것이 흔한 일이었다.

스트레스가 극에 달할 때 유일하게 책을 통하여 위로를 받았다. 책속에서 세상을 보고 대화하고 위로를 받았다. 여행을 좋아하는 내가 세상을 여행하는 곳도 책이었다. 이런 감정을 쏟아놓기 위해 쓰기 시작하였다. 일기가 아니더라도 종이만 있으면 남편을 향한 욕을 써댔다. 쓰기가 화풀이 대상이었다. 독서와 쓰기는 어려움을 견디게 하는 힘이었다.

책을 읽다 보니 좋아하는 작가가 생겼다. 작가와 대화를 하기 위해 필사를 하였다. 작가의 한마디 한마디를 쓰면서 마주 앉아 이야기하고 있다. 매일 조금씩 아침마다 대화를 하는 시간을 가지고 있다. 작가와 나는 조금씩 자라고 있다. 내가 성장하고 있다는 것을 느낌으로 알아차린다. 나다움을 찾는 중이다.

나다움은 성장하는 글쓰기다. 글쓰기의 글감을 찾는 일은 창의적인 일이다. 일상에서 글감을 찾아본다. 주변에서 일어나는 일과 경험에서 영감을 받는다. 감정의 느낌, 사물을 관찰하고 경험한 이야기 등을 글의 주제로 활용한다. 글감은 책에서 가장 많이 찾는다. 글을 읽으면 쓰고 싶은 주제나 흥미로운 이야기를 찾을 수 있다. 드라마나 영화에서도 좋은 소재를 찾을 수 있다. 글을 쓴다고 생각하다 보면 작가의 의도와 글의 소재를 찾기도 한다. 또 관심 있는 분야에서 소재를 찾는다. 그 분야를 조사하고 탐구하다 보면 좋은 글감을 찾기도 한다. 주제나 업데이트된 정보, 트렌드 등을 파악하기도 한다. 특히 여행 중에 느끼는 글감을 좋아한다. 새로운 곳을 여행하거나 다양한 경험을 하면 창의력과 글감을 향상시키는 데 도움을 받을 수 있다. 이색적인 환경의 경험이 있으면 아이디어와 이야기가 떠오른다. 다양한 글감으로 세상과 소통한다. 주변을 돌아보고 자세히 관찰하는 힘이 생긴다.

'글쟁이 할머니'가 인생 목표이다. 오늘은 『그릿』에서 배운다. 『그릿』에서는 '큰 목표를 설정하고 중간 목표, 그리고 작은 목표를 설정하라' 하였다. 지금 글쓰기를 위한 노력으로 작은 목표를 설정하고 실천하고 있다. 첫째, 글쓰기는 연습을 통해 발전한다. 꾸준한 연습은 글쓰기 기술과 표현력을 향상시킨다. 습관으로 만들어가고 있다. 둘째, 다양한 장르의 독서를 한다. 독서를 통해 어휘력과 문장 구조, 스토리텔링 등을 익히고 있다. 셋째, 자신의 글을 다른 사람들에게 보여주고 피드백을 받으며 성장에 도움을 받고 있다. 무조건 써놓고 피드백을 받아 보자는 배짱이다. 피드백을 통하여 약점을 개선하고 강점을 발견하기 위해서다. 넷째, 문법과 문장 구조는 글을 명확하게 하는 명료성이 중요한데 아직 거기까지는 생각이 미치지 못하고 있다.

글쓰기는 노력과 시간이 필요한 작업이다. 꾸준한 연습과 다양한 학습 방법을 통해 점차 발전하도록 하겠다. 목표를 설정하고 노력하는 즐거움도 있다. 손주들이 내 글을 읽어줄 때까지 쓰려는 마음을 다잡아본다. 나는 글쟁이 할머니다.

· 7 ·

성장하는
즐거움을 맛보다

우 미 정

||||||||||||||||||||||||||||||||||||||||||||||||||||||||||||||||||||||||||||||||||||||||||||||||||||||||||||

결핍으로 인해 미련만 남았던 대학 진학이다. 스무 살의 풋풋한 새
내기로 대학 생활을 시작하지는 못했지만, 늦깎이 대학생으로 제2의
공부 인생이 시작되었다. 회사 업무와는 전혀 관련 없는 학과였지만
대학에 다니면서 리포트도 작성하고, 새로운 용어들을 배우고, 교수님
들과 다양한 직업을 가진 과 동기생들을 만나면서 회사 우물 안 개구
리였던 나는 우물 밖의 하늘을 보기 시작하면서 다양함을 알기 시작
했다.

또한 회사 규모가 커지면서 여러 가지 컨설팅이 진행되었고, 컨설팅

진행 TF팀의 구성원이 될 기회를 여러 번 가지게 되면서 외부 컨설팅 담당자들과 만나고 업무 성격상 고객사 담당자들, 협력사 담당자들과 특별한 만남을 가지면서 일하는 관점을 360도로 볼 수 있게 되었다.

배움과 경험의 시간이 더해지면서 처음에는 알아듣지도 못했던 용어들과 어떤 관점에서 이야기하는지 몰랐던 내용들이 귀에 들어오게 되었다. 그리고 그 말을 조금씩 이해하기 시작하면서 어떤 상황이 일어났는지, 그 상황들에 어떻게 대처해야 하는지 조금 더 넓게, 깊게 보기 시작했다. 배움으로 인하여 직무 능력이 조금 더 향상됨을 느끼기 시작했고, 배움의 즐거움을 더 느끼고 있었다. 무지에서 앎의 즐거움을 느끼고 있었다.

그렇기에 배움을 통해 성장하며, 앎으로 직무 능력을 업그레이드했다. 업무의 범위를 확대하고 업무를 더 주도적으로 하고 싶어졌다. 변화와 성장을 갈망하던 그때 상사는 나의 이런 상황을 이해해주지 못하였다. 직장 상사와 업무 진행에 있어 관점의 차이가 발생하였고, 그분은 지금의 수준에서 만족하였다. 업무의 다양성, 업무에 다각적으로 접근하여 진행하는 방법, 업무의 목적과 목표를 정확하게 제시해주시지 못하였다. 무엇을 어떻게 더 해야 하냐고 반문했다. 나의 업무 능력도 이 정도면 된다고 했다. 그러나 나는 만족스럽지 않았다. 업무 능력을 더 키우고 싶었고, 더 성장해가고 싶었다.

배움이 지속되면서 앎에 대한 갈증은 더해졌기에 그냥 이 자리에 머물러 있으면 안 된다고 생각했다. 다시 제자리에 머물러 있고 싶지 않았다. 이런저런 여러 가지 이유로 나는 다시 학교를 선택하게 되었다. 경영대학원에 진학했고, 나는 다시 직장과 학업을 병행하는 학생으로 돌아갔다. 내 배움의 열정은 다시 불타올랐다.

"회사에서 졸업장 인정도 안 해주는데 굳이 대학원은 왜 가? 그리고, 비싼 돈 들이고 시간 들여가면서 굳이 왜 대학원에 간다는 거야! 지금 정도만 해도 될 것 같은데." 대학원 진학에 부정적인 생각이었던 직장 상사의 말이다. "대학을 나오고 대학원을 나오면 뭐 해요? 회사에서는 여전히 학력 인정을 안 해주고 고졸로만 보는데!"

"대학원 과정은 필요 없는 것 같아요. 굳이 왜 대학원에 진학하려는 거예요? 저는 더 이상 학교 공부는 안 해요." 학과는 달랐지만 함께 대학 진학을 했던 후배의 말이다.

대학원 입학 당시 나는 지지와 격려보다는 왜 굳이 공부를 더 하는지에 대한 부정적인 시선만 받았다. 사실 그 이면에는 '정시 퇴근으로 너만 혜택받는 것 아니냐' 하는 곱지 못한 시선을 마주해야 했다. 하지만 나는 그들의 불평과 부정적인 시선을 뒤로하고, 발전하고 진보하는 삶을 위해 나의 선택을 긍정적으로 받아들였다. 공부에 더 뒷심을 내기로 했다.

대학원 교수님과 동기생들이라는 새롭고 소중한 인연을 만나게 되었다. 대학원 동기들은 대부분 나보다 더 연배가 있는 분들이 많았고, 대부분 각 직장과 분야에서 전문성과 능력을 인정받는 분들이었다. 대학에 다닐 때와는 많이 다른 분위기에 더 전문성을 가지고 학업에 임하는 분들이 많았다. 나는 이분들을 통해서 삶의 방향성과 목표를 더 뚜렷하게 가지게 되었고, 더 깊이 있는 공부가 필요함을 느꼈다.

　배움에 대한 열정으로 가득한 분들을 보면서, 어쩌면 지금까지 나의 배움은 수박 겉핥기처럼 얕은 지식만을 탐했던 것이 아닐까 하는 생각이 들었다. 몰랐던 것을 조금 알게 되어 그냥저냥 흉내만 내는 정도였던 것 같다. 깊이 있는 배움이 무엇일까 늘 고민했다. 그런 중에도 2년 6개월이라는 시간이 흘러 힘든 과정에서도 석사과정을 마치고 졸업했다. 대학원에서 배움의 시간을 통해 나는 한 층 더 성장해가는 변화를 끌어냈다.

　부족한 지식을 채워 앞으로 나아가기 위해, 무시가 아닌 인정을 받기 위해 낮에 일하고 밤에는 대학원을 다니며 어렵게 학점을 올렸다. 졸업하면 지금보다는 회사에서 더 인정받고, 더 나은 삶이 기다리고 있겠지 하는 희망을 꿈꾸며 힘든 것들을 이겨냈다. 그리고 조금씩 성장해가는 나 자신이 대견스러웠다. 능력을 인정받을 수 있을 거라는 기대감도 있었다. 하지만 회사 입사 후 취득한 졸업장은 회사 규정상

인정해주지 않았다. 나는 입사 시 학력인 고졸로 퇴사 시까지 회사 사원 등록 현황에 남게 된다. 학사나 석사 졸업 후 입사한 분들과 같은 출발선에서 나를 바라봐달라고 하지도 않았고, 연봉도 그들과 같은 선상에 놓고 대우를 해달라고 하지도 않았다. 단지 회사에서 내가 맡은 업무를 더 잘 수행하기 위해 노력하고 있고, 그 노력의 결과로 업무 능력이 향상되었음을 알아주었으면 했다.

회사에 다니면서 대학원을 다니는 것이 나만의 특혜가 아님을, 그리고 업무 수행 능력을 향상하기 위해 누구보다도 더 배우고 노력하고 애쓰고 있음을 알아주시는 분이 한 분 계셨다. 회사 규정상 학력 인정은 받지 못하였지만 인사고과 평가를 통해 업무 수행 능력을 인정받았고, 고과를 잘 받아서 나의 연봉 수준도 오르기 시작했다. 나의 노력을 연봉으로 평가하기에는 아쉬운 부분이 많다. 그렇지만 노력의 대가를 수치화할 수 있는 것은 연봉뿐이었기에 연봉 인상으로 내 노력의 대가를 보상받는 것 같았다.

어느 날 전화 한 통을 받았다. "여자라면 전문대 정도는 나와야지! 에이"라고 발언한 C 부장님의 전화였다. "누구랑 함께 술 한잔하고 있는데 너도 나와라. 오랜만에 얼굴 보자!" 함께 계신 분들이 상사분들이어서 조금 망설였지만, 내가 피할 분들은 아니었기에 나갔다. 먼저 함께 한잔하고 계셨던 분들에게 나의 근황을 들었는지 "야, 인마 너 대학원 다닌다면서, 이 자식 이젠 나보다 학력이 더 좋네. 하하하." 웃으며 "잘했다! 꼭 졸업해라"라며 지지까지 해주었다. 이날 기분이 묘했다. 나의 심장에 비수가 되어 꽂힌 무시의 발언을 하였던 분이 대학원을 다니고 있다고 잘했다면서 꼭 졸업하라고 지지까지 하니 그동안 무시당하던 여직원에서 새롭게 인정받는 느낌이었다.

무지와 무시에서 시작된 공부, 방향성도 목표도 없이 그냥 무조건 배우고 알아야겠다는 마음만으로 시작하였지만 배움 전과 배움 후의 그 결과는 너무나도 다름을 알게 되었다. 누군가가 나를 인정해주는 것도 중요했던 시기였다. 하지만 더 중요한 것은 내가 나 자신을 존중하고 인정하며, 나 스스로 나에 대해 무한히 신뢰하는 것이었다. 늘 배움에 대한 갈증을 느끼게 되었고, 스스로 한계점을 느낄 때도 있었지만 한 걸음씩 성장하는 단계로 진입하는 내가 대견하고 자랑스러웠다. 그동안 무시 덕분에 무지를 깨달은 순간이 많았다. 그 순간이 있었기에 지금의 성장이 있었다.

· 8 ·

두 번째 스무 살의
선택

김 경 숙

||||||||||||||||||||||||||||||||||||||||||||||||||||||||||||||||||||||||||||||||||||||||||||||||||||||

남편은 40년 만에 다시 대학생이 되었다. 덕분에 나도 1남 1녀의 학부형으로서 이미 본분을 다했음에도 불구하고 어느 봄날 다시 학부형이 되었다. 즉, 남편의 인생에서 두 번째 대학생이 되던 날 다시 학부형이 되었다. 남편의 위태로운 외길 인생은 어쩌면 예정되어 있었는지 모르겠다. 그의 강한 내성적 성향과 일관된 신념으로 비굴하지 않게 자존감을 지켜가며 직장 생활을 했다. 그런데 몇 년 전 사회적 분위기상 명예퇴직의 칼바람이 한창일 때, 50대 중년의 남편은 수동적 분위기에 내몰려 호기롭게 능동적 선택을 할 수밖에 없었다. 나 또한 그가

가장으로서의 짐을 30년 동안 짊어졌으면 할 만큼 했다고 생각했다. 그렇게 남편의 어깨의 짐을 덜어내던 날, 자연스럽게 가장 역할을 선택하게 되었다.

40여 년 전 남편은 공대생이 된 이후부터 '0'과 '1' 외에는 관심이 없었다고 한다. 1980년대 초반, 입시를 준비하고 있을 때 담임 선생님의 권유로 학과가 정해졌다. 남편은 막연히 앞으로 하게 될 전공이 전자계산기 만드는 학과일 거라 생각하고 전산학과에 입학했다. 졸업 후 그는 전자계산기를 만드는 대신 프로그래머로서 내로라하는 기업에서, 그의 표현을 빌리자면 전문 머슴살이를 시작했다. 나는 그가 전문가로서 30년간 애쓰는 걸 매일 봐야 했고, 거북목과 척추측만으로 휘어지는 그의 뒷모습도 오랫동안 지켜보아왔다.

명예퇴직 후 남편은 그동안 누리지 못했던 여행을 시작으로 직장 생활 내내 갈망했던, 격렬하게 아무것도 하지 않는 시간을 즐겼다. 마치 고삐 풀린 망아지처럼 목적지를 정하지 않고 나갔다가 들어오기를 반복하면서 그의 본성인 역마살에 충실했다. 자유로운 영혼이 된 남편이 가진 것은 시간뿐이었다. 매일 시간에 쫓기듯 사는 나와는 표정부터 달랐다.

어느 날부턴가 소파가 한쪽으로 기울기 시작했다. 동시에 그의 복부의 방향도 어느 쪽을 향하는지 선명해지기 시작했다. 남편에게 무슨 조언이라도 해야 했고, 그와 마주치는 시간에 비례하여 잔소리의 양도 늘어났다. '떠들거나 말거나'와 '듣거나 말거나'가 서로 대립과 공존을 반복했다. 그러던 어느 날 남편은 지루함과 심심함, 무미건조함 등으로 가득 찬 시간에 부담감을 느끼기 시작한 것 같았다. 그는 잔소리의 무게감을 딛고 가볍게 가방을 둘러멨다. 중년 남성들에게 인기 있는 전기 학원으로 발걸음의 방향을 정했다.

전기 학원에서의 수업은 남편의 흥미와는 별개였으나 적성과 잘 맞았다. 학원에서 자격증을 취득하고 관련된 곳에 재취업했다. 하지만 예전처럼 '0'과 '1'뿐인 세계와는 다른 환경에 처한 것에 힘들어했을 뿐만 아니라 사람들과의 관계 형성을 어려워했다. 그는 사회적 성향보다 탐구적 성향이 강했기 때문에 다시 퇴사를 결정하는 것에 고민이 없었다.

그 후, 남편의 성향상 요리와 잘 맞을 것 같아서 요리 학원을 추천했다. 매사에 섬세하고 정확한 것에 익숙했기에 추천에 고민하지 않았다. 그가 아침마다 내리는 커피 맛은 주관적이지만 최고다. 미세한 공식과 방법으로 유명한 카페의 커피와는 비교가 되지 않는다. 예상대로 요리하는 것에 꽤 진중했고, 그의 요리는 날이 갈수록 화려한 인증샷을 남기게 했다. 덕분에 아침마다 그가 요리 실력을 발휘할 수 있도록 30년 동안 지킨 주방을 미련 없이 내주었다. 그는 요새 아침 식사 준비와 나의 점심 도시락까지 싸느라 전날 저녁부터 메뉴 선정에 고민이 깊다.

남편의 두 번째 스무 살의 선택은 담임 선생님 대신 나의 영향이 컸다고 확신한다. 남편의 진로에 참여하기까지, 즉 소통하기까지 쉽지 않은 세월을 보냈다. 연애 시절, 내향적 성향의 남편과 외향적 성향의 나는 서로 다른 부분에 이끌렸지만 결혼 후 그 다른 성향이 부딪치고 깨져서 언젠가 부서질 줄 알았다. '부숴버리겠다' 하는 충동을 잠깐 숨겨두고, 하고 싶은 일을 찾아야 했다. 나만의 희망봉을 향한 뗏목이 필요했다. 다행히 인생 뗏목을 찾았지만 얼마 가지 못해서 목표한 희망봉의 항로를 바꿔야 했다. 망망대해를 항해하려면 날씨 파악과 나침반이 필수이듯, 결혼 생활도 다르지 않다는 것을 깨닫고 항로를 수정해야 했다.

돌이켜보면 서로에 대한 배려가 부족했고, 말투가 서툴렀고, 태도가 불량했다. "너는 지적 호기심이 높아" 대신 "너는 배움의 콤플렉스가 많다"라고 남편이 지적했을 때, "맞아, 나는 부족한 부분이 많기에 배움이 늘 필요해"라고 대답하지 못했다. '인간은 자신의 약점을 극복하면서 성장한다'라는 말을 결코 하지 못했다. 공감하기 위한 전제조건은 '들어주기'라는 것을 알고 있었지만 우리는 자신의 감정에 매몰되어 소통을 포기했다. 그렇게 서로의 단점에 지쳐갔다.

어느 날 '너 자신을 알라'라는 구절에 귀가 열리는 듯했다. 귀를 기울이니 나 자신이 보였다. 부족하고 고집 센 모습이다. 먼저 남편의 말에 귀를 기울였다. 끝까지 듣고 이번엔 내가 얘기를 시작했다. 이해가 되니 공감할 수 있었다. 마침내 소통이 되자 응원이 되었다. 만약 자기 성찰에 관심이 없었다면 오늘 아침 그가 최적으로 그라인딩한 원두, 전자 계량한 물, 온도, 시간 등을 살뜰히 살핀 커피 향을 맡을 수 없었을 것이다.

남편은 다시 반려동물학과 전공의 학생이 되었다. 스무 살이 된 것처럼 요즘 많이 들떠 있다. 내가 결혼 후 다시 학생이 되었던 것처럼 그도 같은 상황이 되었다. 그동안 남편과 나는 서로의 반려자로서 갖추어야 할 것을 공부하지 못한 데 대해 후회가 깊다는 것, 잘 알고 있다. 내가 학생이 되고 공부를 시작하면서 귀가 열리고 소통할 수 있었던 것처럼, 그도 반려동물과 소통을 준비하고 있다. 사람들에 대한 공감과 이해가 부족했던 그가 말 못 하는 반려동물을 대상으로 이해하고 공감하는 것, 쉽지 않을 것이다.

하지만 나는 믿는다. 내가 그랬던 것처럼, 그도 공부를 통해 자신을 먼저 성찰하고 공부하는 습관이 생활이 될 것이다. 공부는 누구보다 자신을 위한 것이며, 동시에 사랑하는 사람들과 소통하는 것이다. 누군가 '공부해서 남 주자'라고 했던가. 그리하여 남편은 끝내 최고의 소통자로서 반려동물을 이해하고 배려하는 '할아버지'가 될 것이다.

· 9 ·

책장을
정리했다

나 기 열

언니 집에서 본 수학 동화라는 책을 사주고 싶었다. 그래서 50권이나 되는 책을 집에 들여놓긴 했는데 무턱대고 읽어주는 것만으로는 뭔가 아쉬웠다. '기왕이면 제대로 알고 읽어주자'라는 생각으로 무작정 전화를 하고 출판사를 찾아갔다. 직접 직원으로 등록해서 다니면 무료교육도 해주고 책도 싸게 살 수 있다는 말에 직원 등록을 했다. 그렇게 해서 발을 들여놓게 된 어린이 책 출판사, 눈만 돌리면 사주고 싶은 좋은 책이 너무 많았다. 당연한 듯이 책 판매를 하게 되었고, 나의 실제 경험이 보태지니 제법 잘 파는 사원이 되었다. 어느 순간 영업사원을 교육하는 교육팀장이 되어 있었다. 그러나 책을 소개하고 판매할수록 어딘가 가려운 듯 아쉬움이 계속 남았다. 이렇게 좋은 다양한 책들을 각각의 특성에 맞게 제대로 읽고 활용하는 것이 중요하다는 생각에 독서지도사를 공부했다.

두 아들에게 책을 잘 읽히고 싶어서 시작하게 된 독서지도사였다. 아이들이 성장하는 키에 맞춰 옷을 사주듯, 자라나는 생각의 크기에 맞춰 열심히 책을 사주고 함께 배워갔다. 어느 날은 고등학생이 된 큰아들이 자료를 주면서 이런 것들이 요즘 학생들에게 필요할 거라며 건네기도 했다. 늘 책을 가까이하는 큰아들은 군대에 가서도 재미있게 읽은 책을 휴가 나올 때 직접 구입해서 동생에게 선물하는 멋진 형으로 자라주었다.

작은아들이 대학교에 입학하고 잠시 고민했다. 두 아들을 잘 키우기 위해, 마음껏 가르치기 위해 시작한 일이었다. 이젠 그 목표를 달성했으니 이 일을 계속하려면 새로운 이유가 필요했다.

두 아들을 위한 것이라는 이유를 빼니 책을 좋아하고 이야기 나누는 것을 좋아하던 내가 보였다. 오롯이 아이들을 만나서 수업하는 것에서 재미와 보람을 찾게 되었다. 강사료가 적어도, 학생이 몇 명 되지 않아도 문제 되지 않았다. 지난주 말썽부리던 아이도 오늘은 예쁘게만 보였다. 수업 내내 조용히 눈만 반짝이던 아이가 보석 같은 한마디를 건넬 땐 가슴이 두근거렸다. 새 학기 첫 수업을 시작하는 날, 기쁨으로 그 문을 여는 순간 설렘이 밀려온다. 함박웃음을 크게 짓고 아이들을 만난다.

"안녕, 반가워."

매년 새로운 일들을 하나씩 해보기로 계획했다. 그동안 내 영역이 아니라고 관심 두지 않았던 일들, 평소라면 전혀 해보지 않았을 일들에 편견이나 거부감 없이 도전해보자 마음먹었다. 그 첫 시작으로 네일아트를 받아보았다. 평소 외모를 꾸미는 것에 큰 관심이 없었는데 손톱이 반짝이고 작은 것들에 신경 쓰는 것이 성의 있어 보였다. 그러나 세 번인가 하고 그만하기로 했다. 손톱이 숨이 쉬어지지 않는 듯 답답했다.

환경인형극을 했다. 처음 독서지도사를 배우던 시기에 동화 구연을 배운 적이 있었다. 학창 시절 방송반 경력이 도움이 되었는지, 주변에서 잘한다는 칭찬을 많이 들었다. 하지만 내성적인 내가 여러 목소리를 흉내 내며 다양한 표정과 몸짓을 하는 것이 영 어색해서 '내 길이 아니야!'라며 과감히 접었던 분야였다. 그런데 신기하기도 하지. 지금은 아이들이 좋아하는 모습을 보는 것이 신나고 즐겁다. 인형들이 하는 이야기에 이입되어 슬퍼하고 기뻐하는 모습을 보니 함께 맑아지는 듯했다. 무엇보다 함께하는 선생님들이 좋았던 것도 이유였다. 그렇게

1년을 하고 나니 작년 말에는 새롭게 극본을 쓰고 다시 연습하고 있다. 그렇게 벌써 인형극 공연 3년 차가 되어간다.

작년에는 생태환경 수업을 진행했다. 자연이 좋아 숲을 산책하고 공부하는 모임을 하고 있었다. 아이들이 어렸을 때 자연에서 놀게 해주고 싶어서 가입하게 된 단체였는데, 이제는 내가 그 안에서 즐기고 있다. 매주 금요일 오전마다 자연을 찾아 즐기면서 놀고 배운 지 15년이 되어간다. 그동안 보조 강사를 몇 번 했었는데 생태 수업 강사 제안이 온 것이다. 그렇게 1년을 생태 교사로 아이들을 만났다. 1, 2학년 아이들과 자연을 주제로 수업하는 것이 행복했다. 책 읽는 것을 싫어하는 아이들이 책을 친구처럼 옆에 두고 읽기까지는 쉽지 않은 과정이 필요하다. 그런데 생태 수업 자체만으로도 신나고 즐거워하는 아이들과 만나는 것은 물 만난 고기마냥 팔딱이고 생동하는 수업이었다. 야외 수업이라 아이들과 재미있는 활동이 필요하다는 생각에 배우게 된 전래 놀이는 마치 별책부록처럼 딱 맞는 소금 한 꼬집이다. 어느새 나도 아이처럼 해맑게 웃고 있다.

올해는 어떤 새로운 일을 만나게 될까? 거절하지 않고 용감하게 만나리라. 어제와 다른 오늘은 다시는 오지 않을 순간이기에!

책장을 정리하기로 했다. 큰아들이 중학교에 입학할 즈음 교육을 평계로 당시 교육환경이 안정되었다는 동네로 이사하면서 거실과 작은

방 벽면 하나에 모두 책장을 들여놓았다. 시간이 지날수록 쌓여가는 책들과 수업하며 만든 자료들로 채워져갈 때마다 뿌듯했다. 마치 그 안의 지식과 정보들이 고스란히 내게 저장된 듯 만족스러웠다.

그러나 한번 자리를 차지한 파일들은 다시 보태지기 어려웠고, 새로 나오는 책들에 밀려 펼쳐지지 않는 책들로 가득했다. 어쩌면 그 책장에 가득한 책과 자료들처럼 나도 그 자리에 멈춘 채 나아가지 못하고 있는 건 아닐까 하는 생각이 들었다. 그렇게 시작된 책장 정리, 그럼에도 한 칸씩 비워지는 책장을 보면서 스멀거리며 올라오는 불안함을 떼어내기가 쉽지는 않았다. 그러나 추운 날 따뜻한 외투처럼 든든하게 여기던 자료들과 책들을 정리하니 오히려 가벼워졌다. 지금까지 잘해 왔듯 앞으로도 멋지게 펼쳐갈 나를 믿기 때문이다.

인생의 문 하나를 통과하면 책장을 정리해야 한다. 다음에 필요한 책을 꽂아야 하기 때문이다. 이제 책장을 비웠다. 나의 책부터 그 첫 칸을 채워보려 한다.

제3장

절망과 좌절의 시간들

· 1 ·

희망이 사라지는 순간에
나를 지키는 힘

윤 종 필

━━━

　나는 고등학교를 졸업하면서 대입 시험을 준비했지만 좋은 결과를 얻지 못했다. 부사관 근무 2년 차에 수능을 보고 법과대학 진학에 성공했다. 내 인생의 꿈을 향한 첫 결과물이었다. 군 생활 동안 사법고시 학원에 다니면서 돈과 시간을 투자해 공부했다. 지금 생각하면 정말 가성비가 낮은 방법을 선택했다. 사법시험 합격을 목표로 올바른 전략과 방향도 없이 그냥 직진만 했다. 다만 인내와 끈기에만 자신이 있었다.

　최근에 유명한 정치인 한 분은, 대통령이 되려면 별의 순간을 맞이해야 한다고 했다. 생각해보면 나도 변호사가 될 수 있는 별의 순간이 있었다. 군대에서 제대하고 열심히 공부해서 3학년 2학기 기말고사에서 법과대학 수석을 차지했다. 내 기억으로 인생에서 처음인 성적 1등이었다. 학교에서 등록금을 면제해주고 수학 보조금 30만 원까지 받았다. 국립대에서 공부를 잘하면 돈을 준다는 사실을 처음 알았다. 법대 학장님의 추천으로 사법고시반에 들어갔다. 무모하게 시작한 변호사의 꿈이 눈앞에 있는 것 같았다. 졸업 전에 사법시험 합격하겠다는 목표도 세웠다. 변호사가 되겠다는 선택이 잘한 결정이라는 확신을 얻었다.

하지만 그 순간은 잠시였다. 그해 겨울, 집안에 큰 사건이 생겼다. 음식점 주방장을 했던 작은형이 전 재산을 모아서 고깃집을 차렸다. 손님도 많고 장사가 잘되었다. 어느 날 전화를 해서 "이제 돈 걱정하지 말고 공부만 해라. 형이 생활비는 책임진다"라고 했다. 큰 기대는 하지 않았지만 든든했다. 처음으로 형의 마음이 나에게 잔잔한 울림으로 다가왔다. 하지만 형님은 일이 너무 힘들었는지, 아니면 몸이 약했는지 잘 모르겠지만 갑자기 조울증으로 병원에 입원했다. 집안에 형 식당을 잠시라도 운영해줄 사람이 없어서 내가 그 일을 할 수밖에 없었다.

처음에는 식당을 운영하면서 공부하면 되겠다고 생각했다. 책도 한 가방을 싸서 경북 영양으로 내려왔다. 현실은 내 생각과 너무 달랐다.

식당 일은 정신이 없었다. 새벽에는 장을 보고 손님이 오면 숯불을 피우고 고기도 잘랐다. 장사를 마치면 결산도 하고 불판도 닦았다. 20대 청년인 나는 그 식당에선 사장이고 주방장이었다. 식당 일은 처음이라 식당에는 주방장만 있다고 생각했다. 하지만 찬모라고 불리는 분이 계셨다. 홀서빙 여직원이 찬모는 주방에서 반찬을 만들어주는 사람이라고 알려주었다. 형은 2주 후에 퇴원했다. 하지만 1주일을 넘기지 못하고 장기 입원을 했다. 주치의가 시간이 많이 필요하다고 했다. 형에게는 정말 미안했지만, 손해가 커서 식당을 정리했다. 비록 3개월이었지만 나에게는 긴 시간이었다. 나는 공부해야 한다는 조급함과 현실 사이에서 힘이 들었다. 20년이 지난 지금도 작은형님은 정상적인 사회생활을 하지 못하고 있다. 가슴 아픈 현실은 그때나 지금이나 내가 해줄 수 있는 것이 없다는 점이다.

식당 사장 일 3개월을 마치고 대학 4학년이 시작되었지만 고시반에는 다시 갈 수 없었다. 나는 충북대학병원 건너 편의점에서 아르바이트하면서 학업을 계속했다. 졸업이 눈앞에 온 나는 현실을 고민하기 시작했다. 겨울방학의 영향으로 재학 중 사법고시 합격은 불가능해졌다. 아니, 솔직하게 말하자면 공부가 충분하지 못했다. 그렇다면 졸업 후에 일하며 고시 준비를 해야 했다. 그때는 이미 지금의 부인이 내 곁을 든든히 지켜주고 있었다. 난 그 사람을 인생의 동반자로 생각했다.

많은 고민을 함께했고 마음을 보여줄 수 있는 것만으로도 좋았다.

부인은 마음은 따듯하지만 정말 현실을 냉정하게 바라보며 말했다. "난 28살에는 결혼해야 해. 내년이야, 취직해"라고 말했다. 그때 부인은 27살 잘나가는 학원 강사였다. 타협이라는 단어를 모르는 사람이었다. 그 순간에는 여자친구가 내가 어떻게 살았는지 알면서 너무하다고 생각했다. 그렇지만 나는 그때도 지금도 부인을 사랑한다. 지금의 아내를 만난 것은, 너무 사회생활을 잘해서 '내가 고시생을 해도 가정의 생계는 부인이 책임을 지겠구나'라고 생각했기 때문이었다. 부인의 결혼 발표는 반전이었다. 부인과 고시 중에서 선택하라고 했고 나는 부인을 선택했다. 내 삶을 통틀어서 가장 잘한 선택이다. 물론 가끔은 혼자서 한숨을 쉴 때도 있다.

4학년 2학기부터 고시를 미루고 취업을 준비했다. 공무원 시험과 기업 취업을 함께 준비했다. 기업 취업을 생각하지 않아서 준비가 부족했다. 다행히 취업을 준비하고 두 달 만에 동국제강 그룹 취업에 성공했다. 그리고 지금 부인의 계획에 맞춰서 결혼했다.

나의 대졸 신입사원 시절의 직장 생활은 너무 힘겨웠다. 법과대학을 졸업한 내가 대기업 계열사 경영기획팀에서 일을 배웠다. 기업의 손익계산서가 무엇인지도 몰랐다. 그때 나는 31살이었고 동기들보다 3~4살이 많았다. 팀장님께 나를 왜 뽑았는지 물어보지는 못했다. 나는 남에게 지는 것을 무척이나 싫어했다. 늦은 나이지만 동기들보다 더 열심히 일했다. 승진도 빨리하고 싶었다. 무엇이든 열심히 했다. 그런 모습을 좋게 본 회사 인사담당자가 대학원 진학을 권했다. 그 인사담당자는 항상 무엇인가 도전하고 노력하고 있었다. 대학원의 MBA 과정에 수석 입학하였고 매 학기 장학금을 받으며 석사과정을 마쳤다. 일과 공부를 같이 하는 것은 힘겨웠다. 3년 만에 석사과정을 마쳤다. 힘겨운 시간이 내 인생의 큰 도움이 되었다.

잠시 공부를 멈추고 여유를 즐기고 있는 어느 날, 회사 교육에서 교수님이 "학습을 멈추면 고집이 생긴다"라고 말씀하셨다. 순간 머릿속에 큰 종소리가 들렸다. 며칠 동안 그 말을 수없이 되새겨보았다. 나 스스로 너무 많은 반성을 했다. 공부를 놓으니 기존의 경험으로만 일에 고집을 피우고 있는 내 모습이 있었다. 마음을 고쳐먹고 또 배우기로 했다. 그래서 박사과정에 입학하고 7년의 시간을 보내고 영예로운 경영학 박사 학위를 받았다. 부인과 아이들이 많이 도와주었다. 박사과정 진학도 지금 생각하면 정말 잘한 선택이었다.

좌절하고 포기해야 하는 시점마다 나에게는 도움을 주는 사람이 꼭 있었다. 그 사람들의 조언으로 절망을 넘어서고 새로운 길에 도전할 수 있었다. 내가 가는 길이 반드시 결과가 좋을 것이라는 확신은 없다. 지금도 같은 생각이다. 단지 내가 목표하는 길을 향해 묵묵히 나가

보면 좋은 결과를 얻거나 실패해도 새로운 길을 접하게 된다는 것이다. 지금도 시도할지 말지 고민하는 사람이 있다면 난 항상 한번 도전하기를 추천한다.

나도 15년을 노력한 꿈을 접어야 했다. 그 순간 많이 고민하고 힘겨웠다. 돌아보면 그때 변호사가 되기 위해 공부했던 한자, 법률용어 등이 지금 내 일에도 큰 도움이 된다. 무언가를 향해서 열정을 다하여 도전한 것이 미래를 열어주는 열쇠가 되었다.

· 2 ·

감성을
VR로 배우다

이 유 나

'토닥토닥 열심히 살았구나. 나! 스스로에게.' 지난 14년 동안 나는 역사 깊은 대한민국 대표 교육 기관 한국능률협회에서 감성을 가르쳐 왔다. 그 시작은 더욱 오래전 일이다. 생애 첫 입사한 조직인 삼성 시절부터이다. 처음 시작은 직원들에게 '감성을 연출하는 도전'으로 현업에 적용했다. 진짜 수많은 리더들과 실무자들을 만나고 울고 웃는 경험을 해왔다.

가르치는 내가 그들을 통해 감성을 더 깊이 배울 수 있었다. 내가 아는 것이 다가 아님을 알게 되었다. 그들과 내가 함께 변화할 수 있었음에 감사한다.

최근에 나는 그 감성을 VR로 배우는 시대를 만났다. '너를 만났다. 열셋, 열여섯' 올해 설 특집 MBC 프로그램이다. 2020년 급성 뇌출혈로 이틀 만에 하늘나라로 유학을 떠난 큰아들과 이별 인사 없이 헤어진 가족 이야기였다('하늘나라 유학'은 엄마의 표현이다). 진짜 가슴 벅찬 눈물과 가슴 저림으로 함께한 감성 배움의 기회였다. 제대로 이별하지 못해서 그동안 가족들은 진심으로 아쉬워했다. 지난 3년 동안 가족들은 항상 지나던 공원에 'Legend never die' 팻말을 준비했다. 그 팻말을 건 멋진 나무를 생전의 아들을 대신해서 식수했다. 아쉬운 기억을 잊으려고 엄마는 공원을 뛰고 또 뛰었다. 나무에게 매일 이야기도 전했다. 그리고 조심스럽게 못내 아쉬운 아들과의 만남을 상상해왔다.

2020년 하늘로 유학을 떠난 큰아들은 올해 열여섯이 되었다. MBC 방송에서는 특별히 가족들의 심리 치유를 위해 VR을 준비했다. 가족들의 사진, 동영상, 녹취된 목소리, 큰아들의 모습들을 꼼꼼히 입체적으로 복원했다. 드디어 나무에 전했던 엄마의 이야기에 큰아들의 답을 들을 수 있는 순간이 온 것이다. 별처럼 사라진 아들과 VR의 따뜻한 가상 공간 속에서 커다란 VR 안경을 쓰고 만날 수 있었다. 작은 쪽배를 타고 내려서 살짝 설레며 걸었다. 눈앞에 보이는 하얀 문을 열고 쫙 펼쳐진 어느 공원 속에서 그림같이 만났다.

"엄마가 나무 속 나를 늘 지켜봐줘서 너무 고마워." "엄마 아빠 아들로 태어나서 행복해." "엄마가 더 오래 지켜주지 못해서 미안해." "엄마가 인사를 하지 못하고 보내서 너무 힘들었어." "고마워, 우리 꼭 다시 만날 테니까 오늘은 웃으면서 인사할까?" "최고의 아빠일 수 있게 해주어서 고마워."

이렇듯 준비된 이별 이야기와 만남이 잘 마무리되었다. 어찌나 가슴이 벅차오르던지, 그토록 보고 싶어 했던 아들과 함께한 엄마는 3년간의 안타까움과 괴로움을 단숨에 넘어설 수 있었다. "그동안 힘들었던 슬픔보다 저는 진심으로 행복했어요. 준이 저보다 키 큰 모습을 꼭 보고 싶었는데 상상밖에 못 했던 모습을 보니까 마음이 좋은 것 같아요." 그 절망과 좌절의 순간을 잘 이겨내었다. 엄마와 아빠, 3남매의 가족이 행복한 모습을 간직하게 되어서 진짜 다행이었다.

'너를 만났다.' 가족들은 평생 살아가면서 이 순간의 감정을 느끼고 나눌 것이다. 현재를 더욱 잘 살아가고 미래의 에너지를 얻을 수 있으리라 믿는다. 그동안 채우고 싶었던 감성을 VR을 통해서 배울 수 있다니, 놀라웠다. 수년간 교육생들과 나누었던 감성 이야기들이 천천히 떠올랐다. 새롭게 경험하게 된 VR의 감성 복원 스토리로 자신 있게 한 페이지를 더 채울 수 있게 되었다. 이 뿌듯한 감성으로 설을 잘 마무리할 수 있었다.

감성은 일상에서 느끼는 그대로가 기본이다. 감성(感性)의 감(感)은 마음의 움직임을 뜻한다. 성(性)은 본래 가지고 있는 성격, 특징 자체를 의미한다. 인기 있는 '감성커뮤니케이션 스킬' 수업 시간에 잊지 못할 경험 하나가 있다. 이름있는 외국계 회사의 매니저가 교육 과정에 입과했다. 그는 30대 후반이다. 얼마 전 다른 회사로 비밀리에 이직을 마무리했다. 현재의 회사에서 마지막 교육 기회를 얻어 가벼운 마음으로 참여했다. 2일 과정 중 첫날은 무척 의기양양 자신감이 넘쳐났다. '저 자신감은 어디서 나왔을까' 나는 속으로 생각했다.

두 번째 날은 다양한 감성 사례에서 '생각나라', '느낌나라'로 표현법을 배우는 시간이었다. 점심시간 이후 행복한 세상 TV동화 '단, 5분이라도' 동영상을 보는 중이었다. 전쟁터에 나간 아들이 전사했다는 소식을 듣고 망연자실하는 노모가 나온다. "한 번만이라도 아들을 볼 수 있다면, 단 5분만이라도." 낮은 목소리로 간절히 기도했다. 전사 통보를 전하던 군인이 묻는다. "단, 5분 동안 만날 수 있다면 어떤 모습의 아들과 만나고 싶은지요?" "언제인가, 큰 잘못을 하고 어쩔 줄 몰라 하던 아들과 만나고 싶다" 대답했다. "너무 어려서 몹시 두려워하고 있었던 아들의 얼룩진 얼굴에 눈물을 닦아주고 싶다"라고 하였다. "단, 5분 동안만이라도 어렵고 힘들 때 아들을 만나 상처를 어루만져주고 싶다"라고 되뇌었다.

영상이 끝나고 잠시 침묵이 흘렀다. 교육생들에게 '생각나라', '느낌나라'로 표현하도록 했다. 갑자기 외국계 회사 매니저가 소리 내어 울기 시작했다. 꺼이꺼이 어깨가 들썩일 정도로 울던 모습이 모두를 놀라게 했다. 무슨 일이 있는지, 나의 물음에 아주 낮은 목소리로 띄엄띄엄 답했다. 아버지께 미안하다고, 용서를 구하고 싶다고 했다. 누구나 가고 싶어 하는 서울대학의 입학식 날 이야기이다. 입학식 시간이 촉박해서 빠른 걸음으로 매니저가 앞서 총총 이동했다. 멀찌감치 천천히 느릿느릿 걸어오는 아버지에게 화를 내었다고 했다. 수업시간 동영상을 보면서 빠르게 걷지 못하는 아버지께 화를 내었던 자신이 떠올랐다고 한다. 쏟아낸 말과 행동, 표정들도 기억 속에 그대로 소환되었다. 실제 아버지는 다리에 장애가 있었던 분이셨다. 당연히 기쁜 입학식 날 아들의 가벼운 발걸음 속도에 맞추고 싶으셨을 것이다. "왜 눈물이 났을까요?" 소리 내어 울었던 이유를 물었다. "되돌아보니 아버지는 돌아가셨고, 지금까지 그 미안한 마음을 전하지 못했다"라고 답했다. 그 후회의 마음이 눈물 반, 이야기 반으로 전해졌다. 전사한 아들에게 어린 시절 못다 한 마음을 전한 노모와 같은 마음이었을까?

영상을 보면서 입학식 날 아버지의 마음과 정면으로 만났던 것이다. 주말에 아버지를 모신 곳에 달려가겠다고 했다. 아버지께 감사한 마음과 미안한 마음을 전하겠다고 약속했다. 지난 기억 속에서 내가 더 깊이 배운다는, 숨은 원포인트를 찾았다. 나는 81세 친정 노모와 83세 시아버지께 후회 없이 언제든지 표현한다. 한순간도 놓치지 않으려고 노력하고 있다. 당장 달려가서 꼭 안아드리고 이마에 뽀뽀도 해야겠다. 두 손을 꼭 잡고 오른발 왼발 맞추어 시원한 나무 그늘 아래 함께 걸어보고 싶다.

· 3 ·

'열심히'가
전부는 아니다

윤 은 순

남편을 용서할 수 없어 가출했다. 화가 났던 건 내 건강에 깜짝 놀랄 만한 이상 신호였다. 갱년기로 접어드는 시기라 건강검진을 거르지 않았다. 고혈압 가족력이 있고 혈압이 높아 약을 먹는다. 그러나 건강 정밀검사에서 심장 관상동맥이 모두 막혔다며 시술을 권한다. 병원에서는 보호자 남편과 함께 오라고 하지만 남편이 시큰둥하다. 별것 아니라는 태도이다. 자기 친구도 시술했고 의사가 말하는 걸 다 믿지 말란다. 옆집 아줌마 아프다는 소리 듣고 말하는 사람처럼 가볍게 여긴다. 내 나이에 노인들이 한다는 혈관 확장 스탠트 4개를 시술했다. 자다가 돌연사가 올 수도 있는 상황인데 남편이 하는 말은 나를 어이없게 한다. 남편이라는 이미지만 떠올려도 부르르 떨렸다. 김포 사는 사촌 언니 집으로 가출했다.

가족력이 있다고는 하지만 관상동맥이 다 막히는 게 이해되지 않았다. 일하면서 쌓였던 스트레스가 원인이라고 생각했다. 남편 부도로 일할 수밖에 없었다. 교육원 운영의 어려움으로 인한 스트레스 때문이라는 생각이 들었다. 이때부터 건강이 하나둘 무너지기 시작했다. 열심히 살아온 것에 대한 대가가 컸다. '관상동맥 시술'과 '자궁 적출', 그리고 '갑상선암 수술'까지 했다. 평생교육원 정리 후 몇 년 사이에 건강이 와르르 무너지고 있는 줄도 몰랐다. 무엇이 더 소중한가. 무엇을 위해 살았던가. 남편의 태도는 무엇인가. '열심히'로 버텨온 시간을 되돌아보았다. 그리고 깨달았다. 세상에 공짜가 없구나. 무엇인가를 얻기 위해서는 그와 동등한 대가를 치러야 했다. '등가교환의 법칙'이다. 내가 얻은 것들에 대한 대가로 건강을 잃은 것이다.

열심히 성실하게 이룬 성과들은 많다. 청소년상담사로 일했던 경험으로 청소년단체 '항공우주소년단 충북연맹' 운영위원을 맡았다. 항공소년단에서 진로 교육을 했던 것이 인연으로 이어졌다. 직업상담사 양성을 했던 노동부 사업 경험으로 '소상공인공단'의 사업 정리 컨설턴트로 일한다. 평생교육원 운영 경험으로 방송통신대학교 평생교육 실습지도 교수가 되었다. 열정을 다했던 공부와 경험들로 인한 보상은 달다. 그러나 달리기를 하다가 멈추는 순간은 낯설다. 건강 문제로 평생교육원을 정리하고 일상이 멈추었다. 그때 골프를 시작했다. 여고 친구들과의 필드 라운딩은 즐거웠다. 매월 한 번씩 라운딩하고 계절별로 일주일씩 골프 치러 여행 다녔다. 매 순간 최선을 다하는 몰입력은 내 성격적 특성이기도 하다. 앞만 보고 달린다. 옆을 보지 못한다. 골프 여행 다닐 때도 일했던 순간처럼 열심히 한다. 내 성격이다.

'배움, 성장, 그리고 나눔'을 실천하는 지역사회교육협의회 상임이사로 봉사한다. 대부분의 시민단체가 그러하듯 재정 상황이 넉넉하지 않다. 비상근으로 활동비 조금 받고 실무책임자로 일한다. 평생교육 현장실습지도 교수로 방문했던 기관이다. 1969년 정주영 회장으로부터 시작된 단체이다. 건강한 가정, 즐거운 학교, 활기찬 지역사회 만들기를 지향하는 사회교육 시민단체이다. 이 단체는 1985년에 창립된 단체로, 지역의 공모사업을 한다. 내가 소속된 협의회는 40년 역사를 자랑하는 지역협의회 중 하나이다. 교육 분야에서 퇴임하신 분들이 회장을 역임하고, 회원 대부분은 강사 활동을 한다. 회원들은 지역사회교육에 대한 사명감으로 활동한다.

그런데 이상하다. 조직이 경직된 느낌이다. 회원들 연령대가 높다. 회원들과 사무국 간에 소통이 잘되지 않는다. 실력 있는 강사 이탈이 많다고 한다. 운영진의 견해도 나와 비슷하다. 그러나 바뀌어야 한다고 말은 하지만 행동으로 실천하지 않는다.

직업상담 교육을 10년 한 안목으로 이해되지 않는 협의회이다. 요즘처럼 변화의 속도가 빠른 '능력 중심 사회'에서 관료적인 연공서열이 중요하다고 한다. 강의력이 뛰어난 회원들의 이탈 원인이다. 어느 회원이 말한다. '신선한 바람을 일으키는 용기'를 응원한다고 한다. 회원들 대부분은 내가 느끼는 협의회의 문제점을 알고 있는 것 같다. 그러나 누구도 변화시키려는 노력은 하지 않는다. 능력 중심 사회에서 실력이 아닌 관계로 일을 처리하려는 특성이 있다. 협의회는 몇 개의 그룹으로 집단화되어 있어 변화를 가로막는 역할을 한다. 그러면서 말한다. 40년 역사를 가진 단체라고 자부심이 대단하다. 오래된 회원일수록 협의회의 역사를 들먹인다. 자기도취에 빠진 것처럼 보인다. 그러나 그들은 협의회를 정말 열심히, 그리고 많이 사랑한다.

사무국 직원이 동시에 사표를 내 업무 마비가 될 때쯤 나는 구원투수처럼 출근을 시작했다. 따로 활동하는 것이 있어 정시 출퇴근이 불가능했기에 상시 근무가 아닌 탄력 근무를 약속했다. 행정 업무 총괄이 내 업무이다. 프로그램 운영관리를 담당하는 직원과 회계 담당 직원이 근무 시작한 지 얼마 되지 않아 회원들과의 소통이 원활하지 않다고 생각했다. 회원들 대부분은 40년 역사를 가진 협의회에 대한 자부심이 대단하다. 평생교육이라는 용어가 흔치 않았던 이전부터 지역사회교육 운동을 시작한 평생교육단체임은 분명하다. 지역의 평생교육 역사가 시작된 단체라고 할 수 있다. 지역사회교육의 흐름을 이끌었던 단체임이 분명하다. 그러나 일부 회원들의 넘치는 관심과 사랑은 업무 처리를 할 때 문제가 되기도 한다.

작년 연말에 '회원의 밤 행사'를 할 때도 운영진의 노력은 놀라웠다. 일반 회원들 참여 독려로 많이 참석했다. 인사 초청에도 적극적이다. 그러나 전반적인 운영은 신경 쓰지 않는다. 외적으로 보이는 것에만 열심이다. 행사가 끝난 후 회원들 불만이 높았던, 구멍 뚫린 행사였다. 무엇을 위해 열심히 하는지 모르겠다. 의문이다. '열심히'가 협의회에 어떠한 도움이 되는지를 살피지 못한다. 앞만 보기 때문에 옆을 보지 못한다. 안타까울 뿐이다.

'열심히'가 모든 걸 해결해주지 않는다. 아니, 오히려 일을 그르치기도 한다. 밤낮으로 일하느라 건강을 챙기지 못했던 때가 있었다. 앞만 보고 달려왔기에 건강을 돌보지 못한 것이다. 지금은 아니다. 내 생활의 가장 우선이 '건강 챙기기'이다. 식습관 고치기, 시간 남아서 운동하는 게 아니라 일주일에 1번 이상은 골프 라운딩 나가기, 꽃 가꾸기를 통한 정서적 안정 찾기, 마음 건강 챙기기 위해 스트레스 상황 만들지 않기, 스트레스 해소를 위한 노래 교실 다니기 등을 실천한다.

봉사하고 있는 지역사회교육협의회 운영진의 협의회 사랑도 수위를 조절해주길 기대해본다. 자신들의 욕심을 협의회 사랑으로 포장하지 않아야 한다. 협의회는 회원 중심의 시민단체이다. 일부 운영진의 적극적인 참여로 일반 회원들이 다가가지 못할 수도 있음을 알아야 할 것이다. 운영진의 노력만이 빛나는 회원의 밤이 되어서는 안 된다. 바빠서 함께하지 못했던 회원들이 한자리에 모여 따뜻한 정을 나누는 행사가 되어야 한다. 무엇이 진정 협의회를 사랑하는 것인지를 들여다보아야 한다.

· 4 ·

시련 뒤에
오는 행복

권 순 미

2년 전이었다. 설 명절을 보내러 시댁에 막 다녀온 남편에게 이야기 하자며 소파에 앉기를 권했다. 내 표정에서 큰일이 있을 줄 짐작한 남편은 다소 긴장된 표정으로 조심스럽게 소파에 앉았다. "이제 우리 그만 살자." 남편은 대충 어떤 일이 있었는지 아는 듯했다. 이유를 물어보지 않고 나를 진정시키려고 노력했다.

나는 이성을 잃기 직전이었다. 큰소리로 대성통곡하다가 고래고래 소리를 지르기도 했다. 처음 보는 상황에 놀란 큰아들은 자기 방으로 피신하고 작은아들은 밖으로 나가버렸다. 아이들 있을 때는 절대 큰

소리를 내지 않는 나였지만 아이들도 눈에 들어오지 않았다.

손이 아파서 회사를 그만두고 처음 맞는 설 명절이었다. 나는 아무 것도 할 수 없었다. 시댁에 가봐야 마음만 불편하기에 남편과 아이들만 보냈다. 제사 음식은 시장에서 모두 사 보냈다. 어머님도 몇 년 전에 많이 다치셔서 오른쪽 손과 팔을 쓰지 못하신다. 내가 아픈 상태라는 걸 잘 아시지만 그래도 죄송한 마음에 어머님께 전화를 걸었다. 예상대로 어머님은 화가 단단히 나 있었다. "왜 우리 집 여자들은 하나같이 아픈 것들만 들어와서 남자들 고생시키냐? 내 새끼 혼자 제사 음식 사러 다니고 마누라 아파서 고생한다고 생각하니 속이 터진다" 하며 내게 마구 퍼부어대시더니 전화를 끊었다.

남편이랑 같이 가서 제사 음식을 준비했지만, 아무 말도 하고 싶지 않았다. 지금 생각해보면 아무 말 안 했던 게 잘한 것 같다. 기가 막힌 말에 나도 덩달아 말대답했더라면 두고두고 어머님에게 씻을 수 없는 상처로 남았을 것이다. 그리고 어머님과 사이만 안 좋아졌을 것이다. 20년이 넘는 결혼 생활 동안 나는 무엇을 했지? 시댁에서 나는 어떤 존재지? 그런 말을 들으면서까지 더 이상은 가족의 테두리로 살고 싶지 않았다. 어머님도 손을 못 쓰셔서 아버님과 자식들 보살핌으로 살고 계신다. 어떻게 그런 말을 할 수 있는지 이해할 수가 없었다.

가난한 시골집 7남매 중 장남인 아버님과 결혼하신 어머님은 많은 고생을 하신 분이다. 시할아버지는 술로만 사셔서 시부모님은 어린 시동생들을 책임지셔야 했다. 내 자식도 잘 키우기 힘든 시절에, 여러 시동생들까지 키워야 했으니 얼마나 고생했을지는 불을 보듯 뻔하다. 어머님은 억울함과 분노, 피해의식이 무척이나 심했다. 내게는 너무 좋은 시할머니지만 95세까지 돌봐야 했던 어머님은 우울증이 심각해서 병원에 다닐 정도였다. 어머님은 늘 화가 잔뜩 나 있었다. 화를 자주 내는 어머님을 보는 것 자체도 고통스러웠다.

어머님은 고된 시집살이로 힘들어하셨지만, 여자로서는 행복한 분이다. 아버님은 우리나라에 몇 명 없을 정도로 어머님에 대한 사랑이 지극하다. 언젠가 어머님에게 어떻게 그렇게 잘하실 수 있냐고 아버님께 물었다. "애야, 나이가 들면 사랑이 더 깊어지는 거란다" 하신다. 아버님은 매일 저녁이면 "사랑해, 나랑 살아줘서 고마워" 하시고 여자들은 불쌍하다고 말한다. 아버님은 늘 부잣집 딸 데려와서 고생 많이 시켰다며 항상 미안해하고 고마워한다. 할머니가 돌아가시고 일 년쯤 지나서 어머님은 큰 사고로 많이 다치셨다. 살아 계시는 것이 기적일 정도로 큰 사고였다. 사고로 팔 수술만 네 번을 하셨다. 아버님은 어머님의 모든 걸 맡아서 해주신다. 아버님도 췌장암 수술, 그리고 전립선암 3기 말이어서 방사선치료를 하면서도 어머님을 씻기고 먹이고 하루 네 번 팔 마사지를 해주신다. 식사할 때도 항상 어머님 먼저 챙겨 먹이신다. 어머님은 입맛이 없어 먹고 싶지 않다고 매번 칭얼대신다. 아버님은 어머님을 아기 대하듯 하신다. 그래도 어머님이 살아 계셔서 고맙다며 행복해하신다.

우리 아버님은 멋진 남자다. 이 세상 남자들이 아버님만 같다면 갈등하는 부부는 아무도 없을 것이다. 생활력 강하시고, 당신보다는 배우자와 자식들이 항상 우선이다. 가끔 아버님을 보면 안쓰럽다. 본인의 삶은 없고 오직 가족에게 주는 걸로 행복을 느끼며 사시는 분이다. 자식들 생각해서 냉이도 캐시면 다듬어서 삶아주신다. 호두, 땅콩도 모두 손으로 까서 자식들에게 먹인다. 우리 아버님 손은 무척이나 두툼하다. 손으로 많은 일을 하시니 안 그런 것이 이상할 정도다. 농사일도 많으시고 항상 바쁘게만 살아오셨던 시부모님이다. 사고 이후 어머님은 병원 가는 일 빼곤 거의 누워 계신다.

팔을 못 쓰게 된 지 3년이 넘어가고 있다. 이젠 지쳐 보인다. 어머님도 쉬는 시간이 필요했나 보다. 그 많던 화를 다 내려놓으신 듯하다. 목소리도 편안해지고 며느리에게 고맙다, 애쓴다는 말을 해준다. "내가 손을 못 써서 네가 고생이 많다" 하며 미안해하신다. 요즘은 시댁에서도 즐거운 시간이 많아졌다. 작년 말에는 아버님 팔순이라 한 명도 빠짐없이 모두 함께 여행을 다녀왔다. 어머님 아버님 모두 행복한 여행이었다며 우리에게 고맙다고 몇 번이나 말씀하신다. 여행이 너무 좋으셨는지 아버님이 다음에 제주도 여행을 쏘신다며 알아보라고 하신다.

누구든 상대가 하는 말 때문에 상처받을 때도 있다. 이런 시댁에서의 상황을 버티고 견디고 넘어서니 행복이 왔다.

이젠 말하지 않아도 누구든 나를 알아준다. 내가 그동안 너무 조급하지 않았나 하는 생각이 든다. 인생에 직선이 있을까? 너무 직선만 바라보았기에 그동안 힘이 들었나 보다.

· 5 ·

독한 년

기 현 경

|||||||||||||||||||||||||||||||||||||||||||||||||||||||||||||||||||||||||||||||||||||||||||||||||||||||||||||||||||||||||||||||||||||||||

1988년, 서울 올림픽으로 온 나라가 들떠 있을 때이다. 나는 17살에 허리 디스크 수술을 하였다. 수술은 허리를 15센티미터 이상 절개하여 터진 디스크를 제거하는 수술이었다. 수술은 성공적이라고 했다. 수술이 끝나고 장기가 제자리를 찾기를 기다리는데 열이 펄펄 끓으면서 설사가 계속되었다. 수액을 달고, 시간마다 항생제를 투여받고, 간신히 일주일 만에 열이 내리고 설사가 멈췄다.

열과 설사는 수술실에서 감염된 이질 때문이었다. 다시 수술 부위를 꿰매고 퇴원했다. 수술 후 나의 모습은 TV에서 본, 뼈와 가죽만 남은 에티오피아 난민과 비슷했다. 엄마는 쇠약해진 나에게 보약을 지어 먹인다며 한의원에 데리고 갔다. 나의 진맥이 끝나고 엄마는 한의사에게 본인의 가슴이 이상하다며 조심스레 몸 상태를 물어보았다. 한의사는 이 지경이 될 때까지 몰랐냐며 안타까움을 얹은 소견서를 써주었다. 엄마의 암 투병 시작이었다.

　엄마는 유방암 3기로 림프샘까지 전이가 돼서 왼쪽 유방 전체와 림프관을 제거했다. 원자력병원에서 항암치료를 시작했고 난 몸을 회복시킬 여유도 없이 집안 살림을 도맡게 되었다. 어린 동생 둘을 챙기며 고등학교 2학년에 복학했다. 아빠는 병원비를 마련하기 위해 공무원을 퇴직하고 일반 회사에 들어가셨다. 그런데도 고등학교 수학여행도 못 갔다. 수학여행비가 없어서다. 고3이 되었을 때 엄마의 상태는 금방이라도 돌아가실 것처럼 상태가 악화했다. 운신하지 못하는 엄마의 식사 준비를 위해 정규 수업만 마치고 학교를 나섰다. 친구들은 야간 자율학습을 할 때 집안 살림을 했다.

　그날은 모의고사가 끝난 3학년 자습 시간이었다. 반 친구들은 모의고사 채점을 하며 어떤 대학에 갈지 고민하며 웅성거리고 있었다. 교실에 함께 있으나 그곳에 속하지 않은 듯한 절망감, 창문 가득 햇살이 비추는데 내게는 닿지 않는 듯 춥고 답답했다. 홀린 듯 일어서서 교실 앞 출입문에 섰다. 1923년에 개교한 학교의 교실 문은 오래된 나무 틀 사이에 얇은 유리가 끼워져 있었다. 유리창을 주먹으로 내리쳤다. 와

장창 창문이 깨지고, 엄지손가락 둘째 관절이 3센티미터 정도 베여 피가 나오고 있었다. 그런데도 아픔이 느껴지지 않았다. 그 뒤로 졸업할 때까지 상담실은 나의 안식처였다.

대학 진학을 포기했다. 아빠도 엄마도 나를 챙길 여력이 없었다. 스무 살이 되었을 때 엄마의 병세가 호전되었다. 같은 증세로 수술했던 5명의 환자 중 4명은 1년을 못 넘기고 떠나셨다. 엄마는 살아 계셨다. 모두 기적이라고 했다. 온전히 엄마와 식구들에게만 집중했다. 새벽 4시에 일어나서 고등학생 동생들을 위해 도시락을 싸고, 항암 효과가 있다는 불미나리와 돌나물을 캐러 다니고, 얼린 개 다리를 잘라서 보신탕을 끓였다. 암 발병 후 6년째 되었을 때 암이 온몸으로 퍼져 엄마의 척추뼈를 부서뜨렸다. 걷지 못하는 엄마를 업고 아파트 4층에서 1층까지 내려가서 휠체어에 태워 동네를 산책했다. 극심한 통증을 줄이기 위해 마약성 진통제 주사 놓는 법을 배우고, 돌처럼 딱딱해진 대변도 파내드렸다.

1996년 여름, 48세 나이로 엄마가 세상을 떠났다. 떠나기 몇 달 전 엄마는 내게 유언을 남겼다. 각막기증을 실행해달라고 했다. 모든 장기 기증이 그렇듯 각막기증 또한 빨리 각막을 들어내야만 이식할 때 성공률을 높일 수 있다. 이식센터에 바로 연락을 드렸다. 아빠와 큰이모가 말렸다. 꼭 그래야만 하겠냐고. 난 엄마의 유언을 따라야 한다고 생각했다. 그것이 엄마를 사랑하는 거라고 믿었다. 의사들이 안방에서 엄마의 안구를 들어낼 때 귓가에 들렸다. "독한 년."

 십 대 시절, 또래의 친구들이 교과서를 통한 배움에 임하고 부모님
께 응석을 부릴 때 엄마 간호와 집안 살림을 해내면서 죽을 만큼 힘들
고 어려웠다. 오죽하면 "독한 년"이란 소릴 들을 정도인가? '초년 고생
은 양식 지고 다니며 한다'라는 격언이 있다. 젊은 시절의 고생은 장래
발전을 위하여 중요한 경험이 되므로 그 고생을 달게 여기라는 말이
다. 나이 50이 넘어서야 이 말을 인정하며 헛된 시간이 아니었다는 것
을 인정한다.

 오래 걸려 인정한, 초년 고생을 통해 나름 깨달은 방법 세 가지를 함
께 나누고자 한다. 첫째, 오늘이 내게 주어진 마지막 날이라 여기며 살
자. 그러면 포기하고 싶을 때, 가족들에게 아무렇게나 대하고 싶을 때
새롭게 사랑할 힘을 얻는다. 둘째, 도저히 못 견딜 것 같은 날에는 '이
또한 지나가리라'를 되새긴다. 전 세계에서 가장 많이 읽힌 성경에서
다윗 왕이 반지에 새긴 말이다. 오늘 하루만 버티자. 그럼 내일은 오늘
보다 나은 날이 온다. 셋째, 내가 할 수 있는 일과 할 수 없는 일을 구
분한다. 그리고 내가 할 수 있는 일에 최선을 다해 집중한다. 엄마가
살고 죽는 일은 신의 영역이다. 난 지금 한 끼 정성스럽게 준비해서 엄
마에게 드리는 데 집중하면 되는 것이다. 이 세 가지 생각을 오늘도 실
천하며 살아가니 감사함으로 가득한 하루를 보내고 있다.

· 6 ·

'K 장녀'로
살다

이 상 임

|||||||||||||||||||||||||||||||||||||||||||||||||||||||||||||||||||||||||||||||||||||||||||||||||||||||||||||||||

"상임아! 이모들이 보고 싶데이. 우리 경산에서 쫌 보자. 니가 엄마
모시고 오고, 내와 형아가 같이 경산으로 올라가서 보자."

부산 사투리가 강하게 수화기를 타고 들린다. 둘째 이모네 작은오빠
이다. 오빠네는 형제뿐인데, 모두 부산에 살고 있다. 경산시에 계신 이
모와 충주 이모가 보고 싶다고 한다. 충주 이모는 우리 엄마이다. "그
래? 알았어. 시간 맞추어보고 연락할게!"

2024년 1월 13일, 그렇게 시작된 만남이 이루어졌다. 경산 이모는 연
세가 92세이고 엄마는 86세이다. 엄마는 이모 목소리를 듣고 싶어도

전화를 할 수 없는 형편이다. 경산 이모가 귀가 멀었다. 몇 년 전까지는 간간이 전화 통화로 안부를 묻고 목소리를 들어서 좋았는데 갑자기 코로나 이후로 불통이 되어버렸다. 엄마도 내심 언니가 보고 싶었지만, 자식들에게 부담이 될까 봐 말을 못 하는 눈치였다.

부산 오빠의 전화 소식을 엄마에게 전하니 좋아하신다. 엄마는 작년에 농사지은 알곡을 챙긴다. 옥수수, 참깨, 들기름, 참기름 등등을 상자에 가득 담아놓고 기다리고 계신다. '얼마나 좋을까. 얼마나 보고 싶었을까.' 엄마에게 죄송한 마음이다. 90세가 되신 두 언니들이 보고 싶을 것이라 생각했지만 바쁜 일상을 핑계로 자주 가지는 못하였다.

엄마를 옆자리에 모시고 경부고속도로를 타고 1시간 30분이 지났을 때 구미시를 지나고 있었다. 구미는 'K 장녀'인 나에게 20대 초반까지 희망과 고통을 주었던 곳이다. 차 속에서 멀리 보이는 빌딩과 공장들이 둘러싸여 있는 곳을 보면서 추억을 소환해본다.

옛말처럼 "큰딸은 살림 밑천이다"라는 말을 듣고 자랐다. 그 말이 너무 듣기 싫었다. "내가 장녀로 태어나고 싶어서 나왔나. 나더러 어쩌라고." 운명을 어쩌겠는가. 전두환 군부독재 시절이었다. 1980년대에는 섬유 산업이 경제발전의 디딤돌이었다. 국내 기업형 섬유회사에는 산업체 부설 고등학교를 개설하여 노동 인력을 확보하였다. 농촌의 딸들로서는 어려운 가정 형편에 학교도 다니면서 돈을 벌 수 있는 기회였다. 특히 농촌의 'K 장녀'뿐만 아니라 딸들은 도시로, 도시로 내몰렸다. 그중에 한 사람이 나였다.

'그래, 피할 수 없으면 맞서자. 3년만 버티자. 교복도 입고 학교도 가잖아.' 이 악물고 버티는 동안 광주 민주화운동이 일어나고, 세상이 어지럽고 혼란하여도 버티는 길밖에 없었다. 내려앉는 눈꺼풀을 밀어 올리는 각성제는 먹물 같은 커피였다. 일을 마치면 어김없이 속 쓰림이 찾아온다. 고통 속에서 희망은 오직 공부였다. 공부의 끈을 놓지 않기 위해 허벅지를 꼬집은 적이 얼마나 많았던가. 학교 선생님들은 특수한 환경에서 공부하는 우리들을 위해 열정으로 대해주었고, 희망을 갈구하던 우리는 선생님께 매달릴 수밖에 없었다.

기숙사 생활과 공부는 희망이었다. 월급을 받아 집안 살림에 보내니 바로 살림 밑천이었다. 당시 나와 같은 'K 장녀'들은 오빠 대학 등록금, 동생 학비로 집에 월급을 보내는 일이 대부분이었다. 회사에서 받은 보너스와 월급을 모으니 목돈이 되었다. 아버지께 돈을 보내면 사업 자금으로 날릴 것 같아서 직접 시골로 가서 집터를 사서 집을 짓게 하였다. 고향에서는 내가 돈을 벌어서 땅 사고 집을 지었다 하는 소문이 동네에 퍼졌다. 그러자 동네 'K 장녀'들이 너도나도 도시의 공장으로 내몰렸다.

졸업 후에 품질관리과에서 신입생 양성 교육을 담당하였다. 신입생들은 나의 모습과 닮아 있었다. 품질관리과 근무는 나의 꿈이 아니었다. 배움만이 살길이라 여기고 재수를 하기로 하였다. 대학에 꼭 진학하리라는 야심에 차 있었다. 23살, 더 늦으면 도전하지 못하고 후회할 것이다. 퇴직을 하고 대구 학원가에 있는 입시학원에 등록하였다. 이모의 도움을 받기로 하였다. 경산에서 대구 입시학원을 다녔다. 이모는 동생들과 같이 도시락을 싸주었다. 이모의 정성으로 공부를 할 수 있었다. 열심히 공부하던 그 시절이 힘들었지만 희망이었다. 입시학원과 독서실 그리고 집을 오가는 생활을 1년 하고 학력고사를 보았다. 이렇게 경산에서 나의 꿈을 키우고 있었다. 시험이 끝나고 충주 집으로 돌아와 결과를 기다리고 있었다.

절망과 시련이 찾아왔다. 집안의 우환이다. 집에서 쉬면서 시험 결과를 기다리고 있었을 때 아버지가 아프다고 한다. 고열로 인해 읍내 병원을 다녀오셨다는데 심각해 보였다. 안 되겠다 싶어서 음성에 있는 순천향병원으로 모시고 갔다. 이것저것 검사를 하더니 의사는 입원을 해야 할 것 같다고 한다. 병명은 유행성출혈열이라고 한다. '쓰쓰가무시병'과 같이 늦은 가을에 진드기와 들쥐의 배설물로 인해 많이 발생하는 질환이다. 열이 심해지던 아버지는 입원하고 하루 만에 혼수상태에서 돌아가셨다. 너무나 억울하고 허무하여 악을 쓰며 울었다. 고모들의 도움으로 아버지를 충주 공원묘지에 안장할 수 있었다. 엄마 그리고 어린 동생들, 나는 감당할 수 없는 혼란스러움 자체였다.

아버지의 빚을 꿈과 바꾸었다. 아버지가 떠난 자리는 너무 컸다. 아직 미완성 상태인 집과 여기저기 널려 있는 빚이었다. 빚은 은행 대출금과 동네 대동계 쌀 100가마니 값이다. 하늘이 원망스러웠다. 맏이로 태어난 내 운명이 야속하다. 오 형제와 엄마는 아버지의 죽음을 슬퍼하고 인정할 여유조차 없었다. 가족들은 칠흑 같은 어둠 속에 서 있었다. 그래도 어둠은 언젠가는 밝아온다고 했던가. 이대로 죽으라는 법은 없었다. 당시 은행 규정에는 본인이 사망하면 대출금을 탕감해주는 제도가 있었다. 아버지 친구의 정보로 은행 대출금은 탕감을 받을 수 있었다. 문제는 마을 대동계 태움이다. 마을을 떠나지 않으려면 빚을 해결해야 할 것 같았다. 어떻게 마련한 집인데, 우리가 기대어 살아야 하는 집이었다. 아버지도, 집도 없이 떠돌 수는 없었다. '버티자, 버텨야 한다.' 눈물을 머금고 대학 등록금으로 마련해놓은 돈을 대동계에 내놓았다. K 장녀가 꾸었던 꿈도 함께 사라지는 순간이다. 그때의 절망과 고통은 아픔이었다.

엄마와 나는 이제 가장이 되었다. 직장을 찾아 청주로 나오게 되었다. 생계를 위하여 열심히 일하는 K 장녀로 살아왔다. 어두운 현실에서도 살아갈 수 있었던 것은 꿈을 잃지 않는 것이었다. 엄마와 나는 생계를 위해서, 동생들은 공부로 열심히 살아온 세월이었다. 이제는 모두가 직장과 사업으로 단란한 가정을 꾸리고 살아가고 있다.

엄마의 자매는 다섯 분으로, 세 분이 생존해 계신다. 경산 이모는 강원도 봉평에 살다가 40여 년 전에 경산으로 이사하였다. 이모부는 5년 전에 돌아가시고 가까이에 사는 큰딸이 보살피고 있다. 엄마를 모시고 남편과 함께 이모네에 도착하니, 부산 오빠들과 올케언니들이 모두 올라왔다. 반갑게 인사를 한다.

이모는 한걸음에 뛰어나와서 엄마의 손을 잡고 눈물을 흘리신다. 얼마나 그리워하였을까. 부산에서 가져온 해산물과 생선구이로 푸짐한 식단이다. 술도 한잔하니 더없이 행복하다. 부산 오빠의 사회로 돌아가면서 춤도 추고 떼창을 하기도 하였다. 이렇게 만남의 밤이 저물었다.

· 7 ·

엄마라는 이름과 맞바꾼
나의 경력

우 미 정

||||||||||||||||||||||||||||||||||||||||||||||||||||||||||||||||||||||||||||||||||||||||||||||||||||||||

 학업과 회사 생활을 연결하면서 배움과 지식이 확대되자 배우는 재
미, 그리고 그 배움을 업무에 적용할 수 있다는 것에 희열을 느꼈다.
회사는 성장을 거듭하며 해외까지 사업을 확장해나갔고, 나 또한 성
장하는 회사 안에서 그저 머물러 있는 존재가 아니라 회사의 성장 속
도에 발맞춰 변화하고 성장해갔다. 회사와 함께 성장할 수 있어 좋았
고, 회사가 성장해가는 것 또한 감사했다.

 그리고 또 하나의 재미는 경영학과 동기들과의 우정의 어울림이다.
수업 후 늦은 시간이지만 동기들과 학교 앞 분식점에서 떡볶이와 어

묵, 때로는 파전과 삼겹살에 소주로 서로 격려와 지지의 응원을 보내며 희망의 꽃을 피웠다. 공부 외의 보너스 같은 좋은 추억을 소환해준다. 또한 여러 가지 상황들로 지하 100층까지 땅굴을 파고 있던 나에게 가장 위로가 되어주었던, 가능성의 희망을 가득 나눠주었던 지금의 해냄 이선희 대표님, 대학원에서의 인연으로 지금까지도 좋은 인연으로 인생의 희로애락을 나누고 있다. 그 감사함은 남편과의 인연에도 좋은 영향을 끼쳤다.

늦게 시작한 공부와 일 덕분에 결혼이 늦어졌다. 대학원 동기들은 얼굴만 보면 공부 그만하고 시집가라고 권한다. 그러던 어느 날, 대학원 동기 동생의 직장 선배를 소개받아 지금의 남편을 만나게 되었다. 만남이 이어지면서 자연스레 결혼 이야기가 나왔고, 이 사람과 결혼해야 하나 약간의 망설임이 있을 때 해냄 이선희 대표님에게 고민을 이야기하였더니 지금의 남편을 함께 만나보자고 하셨다. 나를 친동생처럼 아껴주시고 챙겨주신 분들이라 기꺼이 소개해드렸다.

이선희 대표님과 또 다른 동기 선생님과 함께 만났고, 나의 망설임을 한 방에 해결해주셨다. 두 분은 사람 순수하고 착하며, 내가 무엇을 하든 반대할 사람은 아닌 것 같다며 만나자마자 바로 오케이 사인을 주셨다. 나의 결혼 결정에 두 분의 영양도 크다. 가끔 남편과 다투고 잠시 후회가 될 때 이선희 대표님에게 왜 그때 저희 남편을 좋게 보섰냐고 탓해보기도 한다.

경영대학원과의 인연은 삶과 일을 하나로 연결해주었고, 좋은 인연을 만나도록 도움을 주었다. 이렇게 내 인생은 탄탄대로를 걷고 있었다. 또 어떤 일이 기다릴지라도 그 순간은 제2의 인생을 살던 시절이었다. 늦은 결혼이었지만 나는 '엄마'라는 소리를 빨리 듣고 싶었다. 너무나 애타게 기다렸던 소중한 아이, 첫아이가 태어나면서 나는 '엄마'라는 존재가 되었다. 세상에서 가장 예쁜 내 아들, 늦게 본 아들이라 더 마음이 짠하다. 고민이다. 아이를 돌볼 것인가? 그동안 애쓴 경력을 살려 직장 생활을 계속할 것인가? 양방향으로 흐르는 마음이다.

엄마로 아이만을 돌볼 수 있는 상황이 아니었기에 맞벌이를 선택했고, 아이를 돌봐줄 분이 필요했다. 가족 중에는 소중한 내 아이를 돌봐줄 분이 아무도 없었기에 아기 돌봄 전문 업체를 통해 아이를 맡겨야만 했다. 그럼에도 엄마로서 해야만 하는 것들이 많았기에 회사와 육아를 병행해야만 했다. 결혼하고, 엄마가 되고, 원하는 삶으로 순차적으로 진행되고 있었지만 엄마라는 존재감의 무게와 육아에 대한 책임은 생각보다 힘든 상황이었다.

결혼과 동시에 많은 역할을 감당해야 했다. 가정에서는 아내, 엄마, 며느리, 딸, 회사에서는 직장인으로서 맡은 업무를 감당해내야만 했다. 그리 호락호락하고 만만한 역할들은 아니었다. 그중에서 가장 힘든 것이 엄마라는 역할이었다. 힘들게 얻은 소중한 존재인 아이는 오롯이 나의 손을 모두 거쳐야만 했기에 아이의 어느 것도 소홀히 할 수 없었다. 퇴근 후부터 출근 전까지 시작되는 독박 육아로 회사 생활과 육아에서 나는 점점 지쳐가고 있었다.

더 참기 힘든 것은 회사에서 나의 업무 수행 범위가 좁아지고 있다는 것이었다. 결혼 전, 아니 더 정확하게 말하면 엄마가 되기 전과 후를 비교하자면 엄마가 되기 전에는 예를 들어 10가지의 업무를 진행하였고 몇 박 며칠의 교육, 출장을 갈 수 있었지만 엄마가 된 후에는 내가 수행할 수 있는 업무가 5가지 정도로 줄었다. 몇 박 며칠의 교육, 출장 등은 갈 수 없었고 해외 공장 시스템 셋업을 위한 해외 파견 근무도 할 수 없었기에 나에게 기회조차도 오지 않았다.

나를 더 비참하게 느끼게 한 것은 J 전무님의 말이었다. "해외 공장 시스템 셋업 업무는 당연히 우 차장 담당임에도 불구하고, 파견 나갈 수 있는 환경이 안 되기에 K 차장을 보냈어. K 차장, 해외 파견 갔다와서 더 잘나가지! 우 차장이 갔다 왔으면 지금보다 더 인정받았을 거야! 매우 아쉽지?" 정말 나 자신에게 화가 났다. 나에게는 이야기도 하지 않고, 위에서 결정 다 해놓고, 이제 와서 이런 이야기 하시다니! 아이를 봐줄 수 있는 가족이 없다는 것, 나의 환경이 이렇다는 것이 너무 화가 났다. 내가 수행할 수 있는 업무임에도 업무를 더 할 수 없는 환경의 제한이 붙어 업무 수행을 더 못 한다는 것에 자괴감까지 들기 시작했고, 나의 자존감은 다시 지하 100층까지 파고 들어가고 있었다.

회사에서 퇴사하고 육아에 전념해야겠다 결심했다가도 20년 넘게 다닌 직장을 한순간에 그만둔다는 것이 덜컥 겁이 나기도 했다. 아이와 회사라는 선택의 길에서 어느 것조차 결단을 못 내리고 양립하고 있을 때 친정엄마와 영원한 이별을 했다. 엄마라는 존재가 사라진다는 것을 마음으로 받아들이기 너무 힘들었고, 엄마에 대한 미안함과 슬픔으로 주저앉아 목 놓아 울기를 반복했다. 이때 나도 너무 힘들었지만, 아이들도 나와 마찬가지로 엄마와 함께하지 못하는 시간들로 많이 힘들어했기에 나는 미련 없이 육아휴직을 내고 직업을 전환하기로 했다. 그때의 분위기는 2년간 육아휴직은 곧 퇴사를 의미했다. 육아휴직을 내고 아이들과 시간을 보내기 시작하면서 나와 아이들에게는 변화가 생기기 시작했다. 출근할 때 둘째 녀석은 "엄마 뽀"라고 하면 나를 안아주지도 않고, 볼에 살짝 입술만 대고 눈도 흘기면서 나와 스킨십도 잘 안 하려고 했다. 그러던 둘째 녀석이 어린이집에 갈 때도 나를 꼬옥 안아주고 뽀뽀도 해주며, "엄마, 사랑해"라고 예쁜 짓까지 하고 간다. 이럴 땐 정말 내가 휴직하기를 잘했구나 싶다.

휴직 후 약 4개월이 지나면서 회사에서 연락이 오기 시작했다. 빨리 복직하란다. 2년 휴직을 이야기할 때 퇴사를 각오해야 한다고 해놓고 이제는 빨리 복직하란다. 그래도 아직 내가 쓸모가 있다는 것에 기뻤다. 휴직 시 몇 차례 빠른 복직 요구가 있었지만, 아이들을 돌봐줄 분이 없는 관계로 힘들다고 했고, 그러자 2년 동안 육아휴직 잘 마치고 복직하라고 연락이 왔다. 그러나 나의 육아 현실은 2년이라는 시간이 지나도 달라지지 않았기에 나는 아이들과 함께하는 시간을 선택하고 퇴사했다.

친정엄마가 육아를 대신해주는 친구들이 부러웠다. 친정엄마가 아이들을 봐주는 친구들은 더 안정적으로 직장 생활을 할 수 있었기에 승진에도 좋은 영향을 미쳤다. 뭐 나의 현실을 누구의 탓으로만 돌릴 수 없었기에 나의 현실을 인정하고, 나는 오롯이 두 아이의 엄마로 생활을 시작했다. 이젠 정말 온전한 경력 단절 주부가 된 것이다. 회사 다니며 어렵게 대학과 대학원을 다니면서 공부했고, 일과 연결해서 전문성을 다지고 싶었던 야무진 꿈은 날아가고 없었다. 홀로 육아에 쩔쩔매는 엄마라는 자리만 보존하고 있었다. 오직 육아라는 야멸찬 현실과 이상의 차이가 심하게 나고 있었다.

그러나 원망만 할 수는 없었다. 어차피 엄마라는 자리가 그리 쉬운 자리가 아니었기에 아이들과 시간을 보내면서도 내가 할 수 있는 일을 찾기 시작했다. 힘들 때 가장 하기 좋은 일은 바로 공부였다. 회사에 다닐 때와는 다른 분야의 공부였다. 이젠 엄마로서, 부모로서의 삶을 위해 좋은 엄마, 좋은 부모가 되기 위한 공부를 시작했다. 해냄 이선희 대표님의 추천으로 부모 교육을 받기 시작했다. 늘 좋은 부모가 되는 것에 관심이 많고 궁금했던 나는 좋은 부모가 되기 위해 열심히 강의 듣고 실천하는 삶을 살고 있다.

부모 교육을 통해 깨달은 것은, 부모는 끊임없이 배우며 나누는 삶을 살아야 한다는 것이다. 아이들과 대화하는 법, 아이들 앞에서 남편과 나누는 이야기들, 집안 대소사 등 몸으로 보여주는 삶이 바로 교육이다. 부모 교육을 시작으로 상담, 코칭 등 다양한 분야로 배움을 확장해가고 있다. 또 다른 '나'라는 존재의 삶을 준비하고 있다. 하지만 현재 나의 주된 삶은 엄마의 역할이다. 가장 힘들고 어려운 것 같다. 그렇지만 아이들과 함께하는 이 삶이 너무 행복하다. 엄마라는 존재로 아이들에게 "엄마"라고 불릴 때 나는 내가 어른이 됨을 느끼며, 지금 나의 모습 또한 사랑한다.

사랑하는 가족을 지키려고 난 과감하게 퇴직을 결심했다. 무엇인가 얻으려면 반드시 무엇을 내려놓아야 한다. 20대부터 오랜 세월 버티고 견디어낸 나의 직장 생활을 과감하게 끝낼 수 있었던 이유는 바로 사랑하는 아이들의 정서가 더 중요하기 때문이었다.

직장 생활을 할 수 있도록 도울 수 있는 가족이나 지인이 없었다. 그러나 사랑하는 아이들을 챙길 수 있는 엄마의 자리로 돌아갈 수 있었던 힘은 아이들을 사랑하고 지켜내는 것이 더욱 소중한 엄마의 힘이다.

· 8 ·

덕희와
응철이

김 경 숙

‖‖‖

생후 6개월 된 덕희와 가족이 되었다. 가족은 내가 선택할 수 있는 영역이 아니지만 덕희는 누군가의 선택을 받았다. 작년 12월, 눈처럼 하얀 털을 가진 덕희는 운명처럼 우리와 만났다. 딸아이가 덕희를 데리러 가기 2주 전부터 이름을 짓는다고 가족 단톡방에 올렸다. 그렇게 덕 덕(德) 자에 빛날 희(熙)라는 이름으로 우리에게 왔다. 생후 6개월 된 덕희의 얼굴은 온통 진흙물이 섞인 눈물이 번져 얼굴의 절반이 황토색으로 선명히 물들어 있었다. 그 모습은 마치 그동안의 슬픔과 상처, 그리고 고통을 적나라하게 드러내는 듯했다. 다행히도 덕희의 꼬리는 '그런 건 별것 아니었어요. 앞으로 사랑으로 잘 부탁드립니다'라고 하는 듯 좌우로 무심히 뫼비우스의 띠를 그리고 있었다.

덕희는 이기적인 사람들의 만행으로 태어났고, 화성 불법 번식장에서 구조되었다. 딸아이는 정기적으로 유기견 센터 자원봉사를 다녔는데, 언젠가는 누군가를 집에 데리고 갈 것만 같다고 했다. 나는 만류하고 싶었지만 그런다고 내 말을 들을 만큼 딸아이는 어리지 않을 뿐만 아니라 이런 일이 처음이 아니었기 때문에 포기했다. 4년 전에도 딸아이는 무책임한 어느 주인이 파양한 아이를 갑자기 데려왔다. 준비도 없이 하루아침에, 2살 된 사납고 무서운 아이를 데려왔다. 어찌나 무섭고 사나웠는지 목욕을 못 시켜 애견샵의 정기권을 끊어야 했다. 그 당시 우리 가족은 목욕 시켜보는 게 소원이었다. 가족 중 누구도 그 아이의 무서운 이빨을 피해 갈 수 없었다. 그중 내가 가장 많이 그의 이빨에 피를 흘려야 했다. 그뿐만 아니라 산책도 훈련이 되어 있지 않아 곤란한 경우가 한두 번이 아니었다. 제발 우리의 관계 형성에 응하길 염원하면서 응할 응(應) 자에 밝을 철(哲), 즉 응철이라고 이름을 지어준 것도 그 이유에서였다.

남편과 나는 오랜 시간 동안 형이상학적 관계를 연습하다 결국 형이하학적 결혼 관계를 맺었다. 누군가 '결혼은 현실이다'라고 했던가. 말 그대로 현실적 관계의 연습이 필요했지만 그때 우리는 알지 못했다.

아니, 어쩌면 인지적 연습의 필요성을 외면한 채 감각적 연습만 누가 시키지 않아도 자발적으로 쉼 없이 했다. 심지어 서로에게 상처만 남기는 반사적 연습을 복습과 예습으로 연마했다고 해도 과언이 아닐 것이다.

문제는 오랜 연애 기간이 있었기 때문에 굳이 말을 하지 않더라도, 더욱이 사랑하는 사람이었기에 다 아는 줄 알았다는 점이다. 하지만 우리의 관계는 언제부턴가 두꺼운 벽을 쌓아갔다. 그 벽은 단순한 장애물이 아니라 소통의 단절이자 외로움의 시작이었다. 그런데 시간이 흐르면서 오히려 나는 그 벽과 공존하는 방법을 터득하기 시작했다. 벽 안에서도 나만의 삶을 만들 수 있다는 것을 알았다.

무엇보다 '엄마'의 자리는 벽보다 견고하게 쑥쑥 자라고 있는 아이들로 인해 정신이 없었기 때문에 외롭지 않았다. 아이러니하게도 벽이 있어 성찰할 수 있는 시간이 있었고, 다른 생각과 행동을 실천할 수 있었다. 그렇게 세월은 반사적으로 낸 생채기들을 점점 무디게 만들었다. 원만한 결혼 생활과 사회생활의 관계를 위해서는 뭔가를 견디거나 말 못 할 생채기쯤은 누구나 하나쯤은 지니고 사는 거라고, 덕희와 웅철이를 만나기 이전까지 그렇게 자기 합리화의 주문을 외우며 살았다.

가끔 남편은 지금 아이를 낳아 기르면 정말 좋은 아빠가 될 수 있을 것 같다고 말한다. 지난날 아버지로서 부족했던 부분에 대한 회한이 깊다는 것이다. 남편은 사납던 웅철이와의 관계 연습을 통해, 즉 표현하면서부터 변하기 시작했다. 웅철이의 아빠가 된 후, 그는 마치 웅철이로부터 "아빠" 소리를 들을 수 있다고 생각하는 사람처럼 필사적으로 소통하고 있다.

남편의 그런 모습이 눈살을 찌푸리게 하지만, 늦게나마 결혼이라는 사회적 제도 아래에서 관계의 연습은 선택이 아니라 필수라는 것을 우리는 깨닫고 있다. 특히 사랑하는 사람일수록 서로에 대한 이해와 소통을 연습해야 한다. 말하고 듣고 이해하는 것을 반복하는 연습이 중요하다. 나는 '벙어리 3년, 귀머거리 3년'이라는 왜곡된 신념으로 초반의 결혼 관계 연습을 망쳤다.

덕희 엄마인 딸아이에게 전하고 싶다. 사랑하는 사람과 소통을 통해 자신의 생각과 감정을 공유해야 한다. 즉, 인간은 말로 표현해야 상대방이 안다. 때로는 어려운 상황과 문제에 대한 이야기일지라도 말하지 않으면 절대 모른다. 물론 상대방을 배려하는 말투와 태도가 선행되어야 함도 잊지 말아야 한다. 아무리 사소한 상황일지라도 말투가 나쁘면 엄청난 상황으로 몰릴 수 있고, 그 반대 상태일지라도 말투가 좋으면 아무 일도 아닌 것처럼 해결될 수 있다.

서로 다른 환경과 조건에서 나고 자랐으므로, 각자의 다름을 이해하는 노력으로 상대방의 이야기를 경청하다 보면 서로에 대한 이해와 공감은 자동으로 열린다. 여유를 가지고 경청하다 보면 이해 못 할 일도, 공감 못 할 사연도 그리 많지 않다. 응철이의 행동과 소리에 여유를 가지고 기다렸더니, 그동안의 사나운 행동에 대해 이해하고 공감할 수 있었던 것처럼 말이다.

드디어 응철이와 소통이 되었다. 우리 응철이는 소통이 되는 것뿐만이 아니라 그 무서운 이빨에 양치질을 하거나 치석을 긁어내도 잘 응해준다. 믿지 않겠지만 볼일도 화장실 내 자기 자리에서만 한다. 심지어 여행지 펜션에서도 실수하지 않고 화장실에서만 볼일을 본다. 물론 우리 가족과의 관계 형성도 100점 만점에 100점이다. 응철이는 지금 자신의 이름값을 톡톡히 하고 있다.

그런데 덕희가 오면서부터 응철이의 행동이 이상해졌다. 덕희의 귀여운 몸짓과 애교에도 응철이는 묵묵부답이다. 오히려 감췄던 이빨을 드러낸다. 덕희와 응철이는 지금 서로 탐색 중이다. 응철이가 말하고 덕희가 듣고 있는지는 알 수 없다. 아니면 그 반대인지도 모르겠다. 분명한 것은, 그들도 우리 부부처럼 소통 연습을 하고 있다. 서로에 대한 이해와 공감을 바탕으로 그들도 관계 형성 중이다.

· 9 ·

이 정도면
잘 컸죠

나 기 열

"엄마, 전 친구랑 함께 있으면 행복해요."

고등학교 1학년 여름방학, 학교에 보충수업을 하러 간 아이가 오지 않았다고 연락이 왔다. 저녁이 되어서야 들어온 아들을 다그쳐 이유를 물었더니 친구와 함께 놀이터에서 노느라 학교에 안 갔다는 작은 아들이 어렵게 꺼낸 한마디였다. 도대체 친구가 얼마나 좋으면 고등학생 남자아이 입에서 행복하다는 낯선 단어가 튀어나올까? 당혹스러웠지만 그건 시작에 불과했다. 친구와 함께 있으면 도무지 연락이 안 되고, 친구가 부르기만 하면 식사를 하는 중에도, 함께하기로 한 선약이 있어도 무시하고 튀어나갔다. 이렇게 친구의 말이라면 무조건 예스맨이 되어버리는 데는 문제가 있어 보였다.

이리저리 알아본 사연인즉, 작은아들은 그제야 친구를 사귀게 된 거였다. 작은아들이 초등학교 3학년이던 겨울방학에 교육환경이 좋다는 이유로 이사를 했다. 그 당시 학군이 안정되었다는 평을 듣던, 새로 조성된 아파트 단지였다. 오래된 주택가에서 몇몇 동네 아이들과 뛰어놀기만 하던 작은아들은 전학한 초등학교에서 친구를 쉽게 사귀지 못했다. 같은 학원을 다니거나 전 학년부터 이미 단짝을 만들어 학년이 오를수록 더 돈독해진 그 친구들 틈으로 예민하고 소심한 아들은 끼어들지 못했던 것이다.

더 큰 문제는, 그렇게 이방인처럼 겉도는 아이를 만만하게 보고 괴롭히던 아이가 같은 중학교에 배정되며 중학교 생활도 순탄치 못했다는 거다. 그러다가 고등학교에 들어와서 말이 통하는 친구가 생겼으니 세상 무엇보다 소중하고 귀했겠지.

어렸을 적 시골에서 전학 와서 말 한마디 건네지 못한 채 고개를 푹 숙이고 다니던 내가 그대로 거기 있었다. 날개 젖은 새처럼 웅크리고 울고 있었다. 나와 똑같은 시기에 나보다 더 힘들게 버텨내는 동안 어떻게 눈치 한번 채지 못했는지! 왜 진작 작은아들의 성향을 유심히 헤아리지 못하고 이리 무심했던 것인지.

예고 없이 시한폭탄이 투하된 집이었다. 말 그대로 초토화된 상태였다. 깜짝 놀란 나는 허둥지둥 헤매었다. 그동안 가족들의 시간은 멈췄다. 대학생 된 큰아들을 서울에서 불러 내렸다. 혼자서는 겁이 났고 자신이 없었다. 서둘러 여기저기 알아보고 비행기를 탔다. 그렇게 셋이서 한 달 동안 유럽을 여행했다. 아주 예민한 유리를 다루듯 조심했다. 미안함과 부끄러움, 그리고 안쓰러움에 모든 중심을 그 아이에게 향한 채 걷고 보고 먹기만 했다.

유럽의 그 화려한 건물과 풍광 앞에서 작은아들은 표정 없는 물체마냥 혼자 흑백이었다. 그 당시 사진 속의 작은아들은 늘 무표정이다. 큰아들과 함께 걷는 뒷모습이 무척 많이 사진으로 남아 있다. 그렇게 시간을 버텨내며 작은아들은 소중한 자신을 찾아가고 있었다.

"어떻게 이 시간까지 밥도 안 먹고 있어!" 소리 지르듯 화를 내며 헐레벌떡 밥을 챙겨주던 기억이 지금도 가슴 한편 아리게 미안하다. 저녁 9시가 넘어 달려왔는데 그때까지 아무것도 먹지 않고 있었다는 말에 미안함을 숨기고 역정부터 내던 내 모습이 아직도 당혹스러운 기억으로 남아 있다. 한참 자라고 있는 아이들, 본능적으로 가장 힘든 시기는 잊는다고 했던가. 아이들의 청소년기를 잘 기억해내지 못한다. 하루하루 치열한 전쟁을 치르듯 살아낸 날들이 아득하다.

대학원 학번이 2010으로 시작하는 걸 보니 어느새 14년이 지났다.

전공이 달랐던 탓에 대학생들과 학부 수업을 함께 듣고, 저녁엔 다시 대학원 수업을 들어야 했다. 4년 내내 학부에서 전공 공부를 한 그들 틈에서 아는 척 흉내라도 내려면 밥 먹는 시간, 잠자는 시간을 줄여야 했다. 게다가 낮에는 독서 논술 수업을 그대로 유지하고 있었으니 24시간이 터무니없이 모자랐다.

　이제 두 아들은 모두 독립했다. 큰아들은 교환학생도 다녀오고 열심히 생활하더니 졸업하자마자 대기업 연구원이 되어 어느덧 4년 차가 되어간다. 작은아들도 졸업 전에 원하는 디자인 회사에 애니메이터로 취업했다. 가끔 자신이 작업한 작품이 텔레비전에 나온다고 자랑하는 문자가 오기도 한다.

　설 명절이 되자 보고 싶던 두 아들이 왔다. 자신이 권한 골프는 1년째 지지부진하면서 새롭게 수영을 시작하고 신나 하는 게 불만인 남편이 아이들 앞에서 투덜거렸다. 그러자 아빠가 엄마랑 같이 수영을 배우는 게 어떠냐는 작은아들의 제안에 남편이 웃으며 대답했다. "아빠 사주에 물과 여자를 조심하라고 했거든. 그래서 수영은 배우면 안 돼. 무심천이 집 앞에 있어도 한 번도 안 들어갔잖아. 그렇게 물은 조심했는데 여자를…" 농담처럼 건넨 대답에 작은아들이 정색하며 건넨 한마디가 두고두고 흐뭇하다.

　"그래도 엄마는 저희를 이렇게 잘 키우셨잖아요." 스스로 잘 컸다고 말할 수 있는 그 자신감이 멋지다. 낯선 사람과는 눈 마주치는 것조차 불편해하던 그 아이가, 자기 스스로 잘 자랐다고 대견해하는 것만큼 멋진 일이 어디에 있을까.

어느새 자라서 자신들의 삶을 멋지게 살아내고 있는 아이들. 이젠 엄마의 자리보다 오롯이 내 인생의 몫이 더 커지고 중요해진 날들이다. 두 아들이 품을 떠나 독립한 시간이 갑작스레 다가온 것도 아닌데 헛헛해하며 익숙하지 않은 듯 헛발질도 한다. 오십이 넘어 시작된 갱년기가 온몸을 휘돌아 일상을 지배한다. 약해진 몸과 더불어 마음들이 소란거리며 이리저리 흔들어댄다. 이젠 아이들이 나의 뒷모습을 지켜볼 날이 더 많아지겠지.

인생의 전환점에 마음의 근육을 단단하게 만들어야 한다. 그동안 다듬어놓은 정신의 근육을 써볼 작정이다. 그렇게 나를 만나고 바라보기 위해 책을 읽고 글을 쓴다. 하루하루에 힘을 주고 의미를 담아 살아내려 한다.

제4장

공부는 시스템이다

· 1 ·

학습 목적에 맞춘
나만의 공부법

윤 종 필

나는 오늘도 책을 읽고 공부하며 살고 있다. 하지만 공부법을 배워 본 적이 없다. 그냥 열심히 하는 것이 전부였다. 직장 일, 공부, 육아를 한꺼번에 하면서 시간이 부족했다. 10년 이상 대학원에 다니면서 마흔이 넘어서야 공부 방법에 대한 정리가 되었다. 공부는 해야 하는데 시간이 너무 부족했다. 사실은 고맙게도 두 아이는 아기 엄마가 혼자서 잘 키웠다고 생각한다.

난 아직 인생 공부에 대해서 말하기에는 경험이 부족하다. 하지만 목표를 정해 시험을 준비하거나 지식을 늘리는 공부법에는 자신이 생졌다. 20년 넘게 한 기획 업무의 방법론을 공부에 적용하면서다. 공부도 목표를 세우고 계획, 실행, 점검 과정이 꼭 필요하다. 이 과정을 나는 OPAC 학습법으로 정리했다. OPAC는 Object, Plan, Action, Check의 머리글자이다. 또 공부의 종류도 건축 학습과 리모델링 학습으로 구분했다. 하나씩 지식을 쌓아 올리는 건축 학습과 기존의 지식을 허물고 새롭게 쌓는 리모델링 학습이다. 이제는 학습법과 학습의 단계를 정리하고서 공부에 대한 자신감이 생겼다.

내게는 학교 수업, 그리고 혼자서 공부하는 것이 전부였다. 학원은 구경도 못 하고 고등학교에 진학했다. 대학 입시 때도, 대학 입학 후에도 혼자 공부했다. 혼자 하는 공부라 항상 노력한 시간에 비해서 결과가 만족스럽지는 않았다. 많은 시행착오를 거치며 마흔이 넘어서야 스스로 학습 방법을 정리할 수 있었다. 나만의 OPAC는 4단계로 이루어진다. 첫째, 공부의 명확한 목표(Object)를 정하는 것, 둘째, 자신에게 맞춘 계획(Plan)을 수립하는 것, 셋째, 수립한 계획에 따라 실행(Action)하는 것, 넷째, 결과를 점검(Check)하고 자신에게 피드백하는 것이다.

첫째 Object는 공부의 명확한 목표를 정하는 것이다. 이 공부를 통해서 무엇을 배울 것인지, 또 어떻게 사용할 것인지를 정하는 것을 말한다. 이 목표가 크고 분명하다면 더 노력하게 된다. 나는 처음에 변호사를 목표로 공부를 시작했다. 변호사라는 목표를 정하는 과정은 참 무모했다. 하지만 목표는 명확했다. 그 목표를 향해 15년간 노력했다. 대학 입시 때도 법대를 목표로 했고, 대학 진학 후에도 모든 수업을 사법고시를 위한 수업으로 들었다. 틈만 나면 공부했다. 그것은 내가 목표하는 꿈이 명확하고 간절했기 때문이다.

둘째 Plan은 목표에 대한 자신에 맞는 계획을 수립하는 것이다. 의무교육 과정에서는 학교에서 제시하는 일정표와 목표에 맞춘 학습 계획이 필요하다. 하지만 각자 공부의 목표가 있다면 선행학습이나 학습 역량을 고려한 자신만의 계획을 수립해야 한다. 계획에 따라 공부하지 않으면 항상 행운을 기대하게 된다. 나도 시험 전에 마음의 기도문을 왼다. "신이시여, 내가 아는 문제만 나오게 해주세요"라고 한 적이 있다. 계획 없이 공부한다면 초등학생만 아니라 운전면허 시험을 보는 할아버지도 마음의 기도를 올리게 될지도 모른다.

셋째 Action은 계획에 따라 실행하는 것이다. 나도 실행에 앞서서 가끔은 잔꾀를 부린다. 조금 편하게 할 방법을 찾아본다. 큰 도움이 되지 않았다. 학습의 목표는 계획을 실행하는 힘, 바로 학습의 동기이다. 또 실행을 잘하고 있다면 자신에게 적정한 보상을 주어야 한다. 나는 대학 시절에 매일 목표한 공부 진도를 마치면 스스로에게 한 시간의 휴식을 주었다. 그 시간에 친구와 당구, 온라인 게임과 농구도 함께했다. 그 시간은 너무 즐거웠다. 공부의 최종적인 목표를 이루기까지는 대부분 장기전이다. 최종 결과물에 따른 보상만으로 계속하기는 어려웠다. 난 나를 위한 단계별 성공에 대한 작은 보상 계획을 세웠다.

넷째 Check는 학습에 관한 결과 점검과 피드백을 주는 것이다. 예를 들면 공부 결과의 자가 점검은 공부한 내용을 자신의 표현으로 정확한 설명이 가능한지 확인하는 것이다. 새로운 분야의 공부가 어려운 이유는 용어와 개념 정의를 정확하게 알지 못하기 때문이다. 그것이 명확하지 않은데 공부를 계속하는 것은 모래성을 쌓는 것이다. 내가 변호사를 꿈꾸고 시작한 공부에서 첫 장애물은 한자였다. 한문은 중학교에서 1년 배운 것이 전부였다. 법과대학의 전공책은 모두 한자였다. 한자를 찾아 읽어도 의미를 알 수 없었다. 열심히 한자를 찾아서 교과서에 음을 찾아 쓰고 용어집을 만들었다. 법학 공부의 시작에 긴 시간이 걸렸다. 누군가의 조언을 받았다면 법률 용어 사전을 사서 시작했을 것이다. 모든 공부의 시작은 용어와 개념 정의를 자신의 표현으로 정확하게 설명하는 것이다.

나는 공부를 크게 두 가지 단계로 구분한다. 건축 학습과 리모델링 학습이다. 모든 공부의 시작은 건축 학습이고, 학문의 깊이가 쌓이면 리모델링 학습이 필요하다.

첫째 단계는 건축 학습이다. 그림으로 설명하면 하얀 도화지에 그림을 그려가는 것으로 이해하면 된다. 공부하는 분야에 대해 기초 지식이 부족하다면 하나둘 배워가면서 학습한 결과들을 쌓아가는 공부 방법을 말한다. 집을 건축하듯 하나둘씩 정의와 개념들을 쌓는 것이다. 모든 학습의 시작은 건축 학습이다. 학창 시절의 학습이 모두 여기에 해당한다. 성인이 되어서 새로운 분야를 학습할 때도 같다. 건축에서 기초를 잘못하면 사고가 나는 것처럼, 공부도 같은 이치다. 그래도 틀린 정의를 배우고 공부하는 것보다는 뛰어난 학습 방법이다.

둘째 단계는 리모델링 학습이다. 건축 학습을 통해서 배웠거나 관념적으로 알고 있는 것을 새로운 것으로 바꾸는 것을 말한다. 30년 전에는 달리는 무인 자동차를 그렸다면 상상력이 뛰어나다고 말했거나 잘못 그렸다고 했다. 하지만 지금 무인 자동차는 당연한 것이 되었다. 이처럼 이전에 학습한 것이 환경의 변화나 기술의 진보로 새로운 것으로 바뀐다. 또 잘못 알고 있는 것을 올바르게 배우는 것도 리모델링 학습으로 볼 수 있다. 학생들보다 성인 학습에서 더 중요하다. 꼰대가 되지 않으려면 리모델링 학습을 계속해야 한다.

각자 자신에게 맞는 공부법을 빨리 찾으면 공부의 시간을 줄일 수 있다. 공부를 계획하는 사람이 있다면 OPAC 학습의 단계에 따라서 공부의 명확한 목표(Object)를 정하고, 자신에게 맞춘 계획(Plan)을 수립하고, 그에 따라 실행(Action)하고, 결과를 점검(Check)하기를 권한다. 좋은 성과를 얻을 수 있을 것이다. 나는 이렇게 학습해서 좋은 성과를 얻을 수 있었다.

나는 공부를 시작하기 전에 지금의 단계가 건축 학습인지, 리모델링 학습인지를 구분한다. 학습의 단계에 따라서 성공의 포인트가 달라진다. 건축 학습은 학습량이 중요하고, 리모델링 학습은 학습의 방향이 핵심이다. 평생학습의 시대에 살고 있는 우리 모두가 자신에게 맞는 공부법을 찾아서 삶이 더욱 편안하고 행복해지기를 기대한다.

· 2 ·

누구에게나 5단계 업스킬링(upskilling) 로드맵이 있다면

이 유 나

업스킬링(upskilling)이란 현재의 역량을 향상시키거나 추가로 기술을 익히는 것을 말한다.

만약 내 인생의 시계를 돌릴 수 있다면, 정확히 29년 전으로 돌아가고 싶다. 그 1996년이 내 삶의 업스킬링, 새로운 시작점이라면 좋겠다고 상상해본다. 대학원을 졸업하고 첫 사회생활의 시작은 삼성이었다. 상상 속 29년 전으로 돌아가고 싶은 이유는 한 가지이다. 세계 최대 인재개발 컨퍼런스 ATD(Association of Talent Development)에서 매년 강조하는 학습, 공부 때문이다. ATD는 1945년 시카고에서 최초로 시작되어 80년간 발전해왔다. 인재개발 분야의 전문가들을 교육하고 영감을 나누는 자리이다. 세계적인 연사 특강, 세션 발표, 네트워킹 협업 기회가 있는 귀한 시간이다. 만 명 이상의 전문가들이 함께 참여하고 고민한다. ATD는 2015년 이후 업무 수행의 필수 역량이 25% 변해왔다고 분석했다. 2027년까지는 필요 역량이 2배가 될 것으로 예측하고 있다. 최근 5년 동안 나는 학습과 가장 중요한 '역량' 공부에 빠져 있다.

많은 공공기관의 승진자 역량 평가를 통해 넘치는 관심을 가지게 되었다. 꾸준한 학습으로 현재 역량을 더욱 강하게 하는 것이 업스킬링(upskilling)이다. 새로운 기술을 더 넓게 확대 전환하는 것은 리스킬링(reskilling)이다. 충분히 매력적이다. 글로벌 기업인 삼성전자의 인재개발원에는 업스킬링 부서가 있을 정도이다. 나는 그동안 '단계별 업스킬링 로드맵'으로 성장할 수 있도록 반복된 경험을 해왔다. 끊임없이 진화하는 현재 사회에 맞추어 ATD도 반복 학습으로 자기 계발과 스킬 향상을 강조하고 있다.

최근에는 '모던 마인드셋'의 자전거 이야기도 소개되었다. 같은 크기의 자전거로 움직이는 조직의 '공정한 자전거'도 중요하다. 각자에게 맞는 올바른 크기의 '공평한 자전거' 또한 필수적이라고 설명한다. 나의 가치와 존재감 유지, 평생 경력을 위해 미래를 준비한다. 나만의 공평한 자전거를 타고 '맞춤형 업스킬링' 준비가 꼭 필요하다. 그동안의 경험으로 '5단계 업스킬링 로드맵'을 함께 성장하고 도전할 수 있도록 나누어본다.

첫 번째는 '현재 나의 역량'을 정확하게 찾는 단계이다. "내가 가장 잘하는 '강점역량'은 무엇인가." 어느 과정에서 승진자들이 답했다. '눈 칫밥, 버티기, 분위기 띄우기, 불만 표시 안 하기, 책임감, 팀원과 잘 지내기'였다. 엄밀히 말하면 이것은 역량이 아니다. 쉽게 바뀔 수 없는 인성이나 태도도 역량이 아니다. 역량은 일상의 반복된 경험으로 겹겹이 쌓이는 결과이다. 몇 년 동안 일한 경험이 아니다. 업무에서 어떤 역량으로 성장했는지가 중요한 개인 역량이다. 최근 기업의 역량 정의가 새롭다. '한발 앞서 움직임'이 있다. '급격한 환경 변화(새로운 정보, 최신 기술, 경쟁사 상황 등)를 빠르게 자기화하고 자신의 업무와 연계한다'로 정의된다. 자신의 동기부여를 위해 오늘의 역량을 확인해보자. 생각의 다음 단계로 doing, 움직임의 동사로 도전하고 노력해보자. 반드시 찾아본다, 관찰한다, 한걸음 다가간다의 행동으로 연결해보자.

두 번째는 어디까지 이루고 싶은지 목표를 세워보고 우선순위를 정하는 단계이다. 기술인지, 경력개발인지, 경영관리인지, 스피치인지 분야를 명확히 한다. 그리고 성공의 끝을 상상해볼 수 있도록 상세히 펼쳐본다. 정리된 목표와 함께 관심 분야로 우선순위를 정해본다. 업스킬링 강화는 한 번에 여러 가지를 모두 잘해내기 어려울 수 있다. 어떤 스킬을 먼저 강화할지 순서를 결정하고 매진한다.

세 번째는 꾸준히 필요한 리소스를 찾아 자기 주도 학습을 이끌어내는 단계이다. 적절한 도구와 자료가 있어야 효과적인 업스킬링이 가능하다. 29년 동안 가장 효과적인 리소스로는 신문 기사가 대표적이다. 최신의 뉴스 지면 신문이 1순위이다. 그리고 휴대폰 대신 컴퓨터 PDF 파일이 2순위이다. 전체 뉴스에서 기사의 위치와 내용을 통해 시간의 흐름까지 읽어낼 수 있게 된다. 키워드를 3가지씩 찾고 핵심 메시지를 만드는 목적을 위해서라면 신문이 최고의 보물이다. 요약의 힘, 맥락의 힘, 질문의 힘, 설득의 힘, 협상의 힘, 문제해결의 힘으로 보다 쉽게 확장된 역량 업스킬링이 가능하다. 꼼꼼한 자기 주도 학습 코칭으로 외국계 기업 차장님이 승진에 성공했다. 대학교 4학년 여학생은 주도적 학습으로 취업에 성공했다. 창업한 젊은 여성 대표가 수억 원 상금의 투자 피칭 경진대회에서 1등을 거두었다. 공공기관 이사장님과 경영, 스피치 코칭을 했다. 조직에서 가장 소통이 잘되는 상사 1등으로 선정되었다. 대기업 임원은 자기 주도 코칭으로 퇴직 후 공공기관의 수장으로 스카웃되었다. 떠듬떠듬 개회사를 읽었던 스포츠계 부회장님은 대본 없이 단상에서 유쾌한 '이야기꾼'으로 인정받았다.

네 번째는 실전 프로젝트를 경험해보는 단계이다. 실전에 적용할 수 있도록 프로젝트를 찾거나 직접 시작해본다. 이론을 현실에 적용하고 실력을 키우는 것이다. 프로젝트를 통해 자유롭게 멘토링과 네트워킹을 이루고 분야별 전문가와 멘토, 멘티의 관계를 가져본다. 업계 내에서 그저 열심히 네트워킹을 쌓아본다. 실전 단계는 냉정한 평가와 피드백의 수용이 있을 때 성장한다. 주기적으로 어떤 부분에서 발전이 있는지를 파악하고 계속 바꾸고 개선해나간다. 누구에게서 받은 피드백이 가장 달콤했는지 기억 속에 남겨둔다.

마지막 다섯 번째는 그동안의 노력들을 커리어에 적용해보는 단계이다. 업스킬링된 역량을 직무와 커리어에 적용해본다. 새로운 역할이나 프로젝트에서 얻은 역량을 펼쳐서 더 나은 성과를 만들어낸다. 수많은 경험들이 폭넓은 관점을 가질 수 있게 할 것이다. 업스킬링은 다양한 분야의 스킬에서 거시적으로 '향상'을 기대할 수 있는 주요한 역할을 해낸다. 오늘의 경험 속에 적용해보자. 먼저 10년, 20년 후를 위한 커리어를 보다 견고히 준비해 나가자. 1년, 2년으로는 미래와 퇴직 이후를 완성하기 어렵다. 지금, 오늘이 미래 커리어를 준비하기 가장 좋은 날이다.

'5단계 업스킬링 로드맵'은 나만의 전략과 지속적인 자기 계발을 이루어내는 척도가 될 수 있다. 자신의 일상 속에서 업스킬링될 역량 변화를 위해 하나하나 꼼꼼하게 도전해보자. 다시 펼쳐질 상상 속 시간을 되돌리기 위해 마음을 다진다. 세상 공부를 위해 차근차근 50년 미래의 캔버스를 상하좌우로 당겨보자. 팽팽하게 고정도 해보자. 한

번 더 경험하는 내 인생을 위해 보다 더 간절하게 통찰의 순간들도 만나보자.

그 알아차림의 순간을 위해 이제는 온통 나를 위한 시간들을 보내고 싶다. 따뜻하게 가장 먼저 웃는 사람이 내가 될 수 있도록 다짐해본다. 29년이 지나서야 업스킬링을 위한 세월의 혼적을 거꾸로 찾아본다. 많은 시간 밤을 새워 가며 고민하고 쓰고 지웠던 노력들을 다시 되뇌어본다.

· 3 ·

자신감이 조금씩
자랐어요

윤 은 순

‖‖‖

흐뭇한 미소를 짓던 엄마 얼굴이 떠오른다. 중학교 교복을 맞춘 날이다. 내 몸보다 훨씬 크게 교복을 맞춰야 3년을 입을 수 있다. 헐렁한 소매와 치마였지만 중학교 교복을 맞춰 입었던 기억은 내게도 설렘이었다.

배움에 목말랐던 엄마 소원은 우리 4남매 공부시키는 것이었다. 공주 오지 마을 산골에서 농사지어 우리 4남매 학교 보내기란 불가능이다. 농사가 천직이었던 아버지를 설득해 대전으로 이사했다. 내 나이아홉 살 때였다. 농사만 짓던 아버지는 시장에서 엄마와 함께 배추 장사를 하셨다. 대전 주변 배추밭을 통째로 사고 작업해서 시장에 내다 팔았다. 어린 동생 돌보는 일은 맏딸인 내가 한다. 어려운 살림살이에 지친 엄마에게 맏딸인 나는 꿈이었고 희망이었다. 나는 부모님의 착한 맏딸이다. 엄마가 바라는 대로 공부도 잘했다. 엄마의 꿈을 이뤄주는 자랑스러운 딸이었다.

중학교에서 고등학교 갈 때는 고교 평준화가 시행되는 첫해였다. 실업계 고등학교를 우선 선발하고 인문계 고등학교를 선발하는 입시 제도이다. 대전여자상업고등학교에 입학 원서를 쓰고 시험을 봤다. 합격이다. 우리 학교 떨어진 학생들은 다시 인문계 고등학교에 지원할 수 있다. 우리 학교는 인문계 고등학교보다 입학 커트라인이 높은 학교다. 엄마의 자랑이었던 내가 공부 잘하는 학생이 가는 학교에 입학한 것이다. 부모님이 태워준 에스컬레이터 탄 것처럼 초등학교에서 고등학교까지 다녔다.

"합격이다." 공부 잘하는 학생이 다니는 대전여자상업고등학교에 입학했다. 그러나 상업과목으로 편성된 과목들을 공부해야 한다. 상업영어, 부기, 주산, 타자 등 상업과목들이다. 졸업할 때 주산과 부기, 그리고 타자 자격증을 취득해야 취업을 할 수 있다. 자격증 따기 위한 기능을 수업 시간에 훈련한다. 학교 졸업하고 취업하는 게 우리 학교 목표이다. 내가 다닌 학교에는 억울한 친구가 많다. 가정 형편이 어려워 남자 형제 대학 보내기 위해 딸이라는 이유로 입학한 학생들이 많다. 인문계 학교와 다른 상업과목 공부에 적응 잘한 학생들은 성적이 상위권이다. 나는 성적이 좋은 편이 아니었다. 중간 정도의 성적이다. 상위권 학생들은 3학년을 마치기도 전에 금융계통 회사에 취업해 나갔다. 그 외 학생들은 일반 기업에 취업하고 졸업했다. 나도 효성그룹 원미섬유 총무과에 취직했다. 내 기억에 고등학교 시절은 암울했다. 내가 원하지 않는 학교생활이고 취직이었다. 가방 들고 학교 출석을 채우기 위해 다녔던 기억뿐이다.

육아와 가정 살림만 하던 전업주부였다. 방송통신대 공부하겠다고 선언했다. 남편이 반신반의하며 말한다. "그 학교 졸업하기 힘들다던데 할 수 있겠어?" 자기주도학습이 필요한 학교이다. 들어가기는 쉽지만 졸업하기 어려운 학교이다. 자율학습 시스템을 최대한 활용하여 공부했다. 출석 수업 때 스터디 그룹에 참여했다. 공부 방법은 각자 과목 배정을 하고 매주 만나 팀원들에게 설명한 후 기출문제를 푸는 방식이다.

우리의 학습 목표는 팀원 모두 높은 성적으로 장학생이 되는 것이었다. 팀장이었던 나는 전 과목을 요약 정리했다. 시험 범위와 학습량 체크 표를 만들어 냉장고에 붙인다. 잘 외워지지 않는 것들은 쪽지를 만들어 짬짬이 들여다본다. 식탁 유리 밑에 깔아놓고 수시로 반복 학습을 한다. 거실 소파 옆에도 공부하는 쪽지가 있다. 자투리 시간 활용의 공부 방법은 '1인 다역'을 하는 학생들에게 아주 유용하다. 과목별 기출문제를 편집하며 중요 내용을 요약해둔 자료들은 팀원들에게 나누어주었다. 함께 공부했던 스터디 팀원들도 공부 방법을 따라 했다. 나중에 우리 팀이 전액 장학금을 받을 수 있었다. 공부법을 공유한 결과이다. 공부가 즐거웠다. 지식을 쌓아가는 즐거움을 안 것이다. 학습 결과에 대한 성취감은 자신감으로 이어졌다.

"아들, 어서 들어가 자야지" 했다. "엄마는 맨날 가서 자라는 말만 해." 아들이 하는 말이다. 나는 아이들에게 공부하라는 말을 하지 않았다. 그래도 학교에서 자기 몫을 충분히 하는 아이들이다. 아들이 고등학교 입학하고 기숙사 생활할 때였다. 학교 성적이 우수한 아들은 국어 과목 모의고사 2등급을 받고 속상해한다. 스스로 문제집 풀어보고 반복 학습하며 성적 올려보려고 노력하지만 1등급을 받지 못한다. 주말에 기숙사에서 집으로 오는 자동차 안에서 아들이 말한다. "엄마. 나도 ○○ 국어 학원 보내주세요." 바로 자동차 핸들을 학원으로 돌렸다. 원장님과 상담 후 그 자리에서 등록하고 다음 날부터 다니기 시작했다. 아들은 두 달이 채 되지 않아 모의고사 1등급을 받았다.

나는 아이들 교육에 뛸모(먼저 뛰어가는 엄마)는 아니었다. 아이들이 원하는 것을 말할 때까지 기다린다. 아들이 국어 학원을 선택할 때까지 기다렸다. 모든 것엔 때가 있는 법이라는 아버지 말씀이 떠올랐다.

아들이 국어 학원 보내달라고 할 때가 그때이다. 아이들에게 배운다. 자기주장을 잘하는 딸은 "그건 엄마 생각이고"라는 말을 자주 한다. 엄마 생각과 자기 생각이 다를 때 자기주장을 곧잘 한다. 논리적 주장을 잘하는 딸이다. 아들에게 기다림을, 딸에게 자기 표현하는 용기를 배웠다. 나에게는 아이들이 반면 스승이다.

결혼 후 아이들을 키우며 조금 늦은 나이에 다시 공부를 시작했다. 공부는 지금도 과정 중이다. 평생교육을 통한 성장의 즐거움을 경험했다. 친구가 말한다. "너는 사장님 사모님이 왜 그렇게 돈을 벌려고 하니?" 그러면 나는 대답한다. "나는 돈 버는 게 아니라 일을 하는 거야." 내가 좋아하는 일 하면서 돈도 벌고 있다. 친구가 요즘 나를 부러워한다. 나이 60에 은퇴하고 하루를 의미 없이 사는 사람들도 많다. 나는 사회적 지위가 있다. 평생교육 실습지도 교수이다. 평생교육사협회 부회장이다. 사업 정리를 도와주는 희망리턴패키지 직무직능 분야 컨설턴트이다. 지역사회교육협의회 운영을 도와주는 봉사도 한다. 예순 살이 넘어 소속된 곳이 있다는 건 그동안 잘 살았다는 증거이다. 여든 살까지 도전할 일이 무얼까 호기심으로 찾는다.

배움에는 끝이 없다. 고등학교까지의 공부는 에스컬레이터를 타고 목적지까지 가는 공부였다. 부모님이 태워준 에스컬레이터였다. 내가 원하는 공부인지도 모르고 공부했다. 대학교 공부부터는 내가 선택한 공부다. 방송통신대학교를 졸업하고 충북대학교에서 석사과정과 박사과정까지 공부했다. 늦게 다시 시작한 공부였지만 공부의 맛을 알고 시작했던 공부들이다. 배움으로 성장하며 즐겁고 행복하다. 내가 배움을 멈출 수 없는 이유이다. 요즘은 평생 공부해야 하는 평생교육의 시대이다. 배우지 않으면 현실 적응이 점점 어려워진다. 평생학습은 자기 계발을 통해 삶의 질을 높인다. 옵션이 많으면 자유롭다. 무엇이든 할 수 있다. 나는 배움과 나눔을 실천하는 평생교육사이다. 배우는 것이 일상인 평생학습 실천가이기도 하다.

· 4 ·

슬기로운
인생 공부

권 순 미

직장을 다니느라 나는 늘 바빴다. 내 몸을 돌볼 마음의 여유조차도 없었다. 친정 식구들은 교대 근무를 하는 나를 늘 걱정했다. 병원 다니는 횟수도 부쩍 많아졌다. 어느 날 출근 준비를 하고 있는데, 막내 여동생한테 전화가 왔다. 바쁜 목소리로 전화를 받았다. 바쁜 듯한 목소리가 불편했는지 동생은 시간 될 때 전화하라며 서둘러 전화를 끊었다.

출근해서 정신없이 일을 하다가 문득 동생이 생각났다. 말투로 짐작해볼 때 안부 전화가 아니라 내게 뭔가 중요한 할 말이 있는 듯했다.

쉬는 시간에 동생에게 전화를 걸었다. 동생은 살짝 짜증스러운 목소리로 "언니? 직장 다니는 게 그렇게 중요해? 언니 건강이 더 중요하지 않아? 밖에서 버는 돈이 다가 아니야. 언니가 아프면 힘들게 번 돈이 하루아침에 나갈 수 있어. 언니가 행복해야 돈도 들어오지 않을까? 언니가 행복하면 직장 다닐 때보다 더 여유로운 생활을 할 수도 있어. 언니 잘 생각해봐." 틀린 말이 아니란 걸 잘 안다. 하지만 난 회사를 그만둘 생각이 전혀 없었다. 내 자리는 모두가 욕심내는 자리이기도 하다.

어느 누가 봐도 동생은 상팔자다. 제부는 누구보다도 애처가이고 사업에서 성공 신화를 만든 엄청난 사람이다. 동생은 아니라고 하지만 모두가 보기에는 결혼해서 고생이라고는 모르고 살아온 편이다. 그런 동생이 볼 때 얼마 안 되는 돈 벌려고 밤낮없이 일하며 시댁도 챙겨야 하는 언니를 볼 때 안타까워 보이는 건 당연하겠지 하며 이해는 간다. 그렇지만 갑자기 들어오는 월급이 없어진다면 허리띠를 졸라매지 않을 수 없다. 동생은 그런 것을 알지 못할 것이다.

시도 때도 없이 바뀌는 교대 근무인 탓도 있지만 스트레스도 심했나 보다. 그래서인지 일주일에 잠을 잔 시간을 합하면 10시간이 될까 말까 할 정도였다. 부모님과 동생들 모두 큰 병이라도 날까 봐 노심초사했다. 시간이 지나면 좋아지겠지 했는데 점점 더 불면증이 심해져서 수면제를 먹지 않으면 잠을 잘 수가 없었다. 잠이 부족하다 보니 잇몸

염증도 심했고, 먹는 것마다 체하기 일쑤였다. 손끝 통증도 너무 심해져서 손으로 아무것도 만질 수 없을 정도였다. 오랜 치료로 팔 전체가 주삿바늘 자국과 멍 자국으로 멀쩡한 곳이 없었다.

오후 출근이라 아침 일찍 신경과, 한의원, 치과를 돌고 나니 몸에 기운이 하나도 없었다. 점심을 먹기 위해 죽집에 들러 야채죽을 시켰다. 죽을 시켜놓고 혼자 앉아 있는 자신이 한없이 처량해 보였다. 내가 봐도 몸에 뼈가 앙상했다. 약을 먹어야 해서 죽을 억지로 반쯤 먹었다. 약봉지를 꺼내 약을 털어 넣고 서둘러 회사로 갔다. 회사 근처에 차를 주차하고 있는데 남편에게 전화가 왔다. 병원은 잘 다녀왔냐는 전화였다. 남편 목소리에 왈칵 눈물이 쏟아졌다. 전화기를 붙들고 엉엉 울었다. 놀란 남편은 지금 집으로 갈 테니 출근하지 말고 집으로 오라고 신신당부하며 전화를 끊었다. 오전 내내 병원을 돌아다녔더니 몸이 지칠 대로 지친 탓에 출근해도 일을 할 수 없을 것 같았다.

어쩔 수 없이 조퇴하고 집으로 갔다. 남편은 나를 앉혀놓고 조심스럽게 말했다. "여보, 이제 회사 그만 다녀. 제발 부탁이야!" 몸이 안 좋아지는 걸 옆에서 보다 못한 남편은 더는 안 될 것 같았나 보다. 그렇지만 나는 포기하기가 싫었다. "조금 쉬면 괜찮을 거야. 친정에서는 장녀고 시댁에서는 맏며느리인데, 내가 벌어서 가족 모두를 위해서 쓰고 싶어." 처음 직장에 들어갈 때는 큰 욕심 부리지 않고 내가 번 돈으로 우리 가족 여행도 가고, 기념일에 가족들에게 좋은 선물도 하면 좋겠다는 생각으로 시작했다. 그런 사실을 잘 아는 남편이기에 "여보, 걱정하지 마! 내가 다 해줄게. 내가 있잖아"라고 말했다. 절대 양보 못 할 것 같은 태도였다. 내가 그만두기 1년 전 남편은 사업을 시작했다. 생각보다 잘되긴 했다. 하지만 아직 자리가 잡히지 않았기에 마음이 편하진 않았다. 회사를 그만두고 나면 다시 들어가기가 쉽지 않기에 나는 많은 생각을 했다.

잘 먹고 잘 자는 게 얼마나 중요한 건지 알게 됐다. 회사를 그만두고 제일 먼저 잠을 많이 자려고 노력했다. 쉽게 바뀌진 않았지만, 남들처럼 저녁에 자고 아침에 일어나는 생활을 하다 보니 서서히 잠을 잘 잘 수 있게 되었다. 그러다 보니 오랫동안 달고 살던 잇몸병도 없어지고 소화도 잘되기 시작했다. 손의 통증도 점점 좋아졌다. 한동안 좋다는 병원과 좋다는 약을 찾아다녔지만, 병원과 약보다 나를 돌봐야겠다는 생각이 들었다. 그 후로 병원 다니는 걸 그만두고 내가 좋아하는 일을 하며 나를 위한 시간으로 채워나갔다. 좋아하는 책도 마음껏 읽고 좋아하는 산책도 마음껏 즐겼다. 동생들과 여행도 많이 다녔다. 내가 좋아하는 일들로 시간을 보냈다. 집에 혼자 있는 시간도 행복했다. 혼자 있는 시간도 온전히 나를 돌보는 시간으로 보냈다. 내가 아팠던 건 나를 돌보는 시간이 필요하다고 몸이 내게 말한 거였다는 걸 뒤늦게 알게 되었다.

집도 예쁘게 꾸미고 식사 테이블도 예쁘게 플레이팅했다. 우리 집은 모두 남자들인데도 예쁜 상차림을 좋아해서 나도 놀랐다. 내가 행복해지니까 나의 말투와 표정도 달라졌다. 남편은 요즘 내가 마음도 너그러워진 것 같다며 즐거워한다. 여유로운 시간이 내게 준 선물이다. 커다란 식탁에 우리는 자주 모여 많은 시간을 함께 보냈다. 이런 생활이 필요하다는 것을 몰랐다. 그저 사치라 생각했다. 내가 직장을 다닐 땐 전혀 누려보지 못한 일들이다. 우리 가족 네 명이 모이는 날이면 며칠 전부터 와인 파티 메뉴를 남편과 상의한다. 회사를 그만두고 난 이후 우리 가족의 생활도 서서히 달라지고 있었다. 함께하는 시간이 많아지다 보니 서로 할 이야기도 많아지고 웃을 일도 점점 많아졌다.

동생의 추천으로 아침에 방탄 커피를 만들어 마셨는데 제대로 공부해보고 싶어서 『최강의 식사』 책을 읽었다. 방탄 커피는 에너지와 집중력을 높이고 염증을 줄여준다고 한다. 직접 공부해서 방탄 커피를 마시니까 행복이 두 배가 되었다. 아침에 남편과 작은아들 이렇게 셋이 방탄 커피와 신선한 샐러드와 달걀을 함께 먹으면서 하루를 시작한다. 작은아들은 방탄 커피로 하루를 시작하는 게 아침에 큰 행복이라며 항상 나에게 '엄지 척'을 하고 씩 웃으며 학교에 간다.

내 똘똘이 동생 덕분에 깊은 수렁에서 나온 듯하다. 어느 날 친구가 내게 이렇게 말한다. "난 지금 너의 모습이 너무 좋아. 예전엔 조금 센 친구로 알고 있었는데 이렇게 예쁜 친구인지 몰랐어! 넌 베짱이가 잘 어울리는 친구야" 하며 깔깔댄다. 나 아닌 다른 사람을 바꾼다는 건 불가능에 가까운 일이다. 내가 달라지니까 남편과 아이가 달라지고 우리 가족 모두가 행복해진 것처럼 말이다.

자존감 높은 아이로 키우고 싶은 건 모든 부모의 바람이다. 자존감을 높이려고 "넌 훌륭해, 멋진 아이야"라고 말하는 것 보다, 행복한 부모의 가정에서 자란 아이는 자기 존재의 소중함을 자연스럽게 알아서 자존감 높은 아이로 자란다고 한다. 내 행복이 가족을 행복하게 하고, 가족의 행복이 지인들을 행복하게 하고, 나아가 더 많은 사람을 행복하게 한다는 걸 난 반백 살이 넘어서야 알게 되었다.

· 5 ·

위기의 순간
해결책

기 현 경

‖‖‖

"너무 늦었을까?" 혼잣말에 답을 들을 수 있을 것처럼 청주 흥덕도 서관 게시판을 뚫어져라 응시했다. 건설회사에 다니는 남편을 따라 2년마다 이사 다니던 생활을 멈추고 청주에 자리를 잡았다. 남편의 일터는 청주에서 30분 거리였지만 교육의 도시로 알려진 청주가 아이들 키우기에는 더 낫겠지 하는 생각이었다.

큰애는 초등학교, 작은애는 병설유치원에 들어간 뒤 주어진 반나절의 자유시간. 시간을 쥐어보지는 못하고 시간 속에서 떠다니듯 생활했던 육아 10년 만에 턱 하고 만들어진 시간, 어떻게 써야 할지 몰라

당황스러웠다.

TV에서 스피치 대회를 방송할 정도로 자연스러운 말하기의 필요성
이 강조되던 때였다. 단발머리 여고생이 차분하고 세련되게 자신의 생
각을 이야기하던 모습이 떠올랐다. 그리고 시작할 때 거창한 준비가
필요하지 않을 듯했다. 그러저러한 나름의 생각으로 스피치 수업을 신
청했다. 자기소개를 시작으로 다양한 상황, 다양한 내용으로 이론을
배우고 바로바로 시연하는 수업을 통해 조금씩 달라지는 스스로가 느
껴져 즐거웠다. 1학기를 한 번의 결석도 없이 마치고 2학기 수업도 만
만치 않은 경쟁률을 뚫고 기회를 얻었다. 강사님이 스피치에 소질이
있고, 즐겁게 하는 모습이 인상적이다라며 본인처럼 스피치 토론 강사
의 길을 가면 어떠냐는 제의를 하셨다. 일단 시작하면 강사로서 서 있
을 수밖에 없는 시스템이 있는 곳이 있다고 했다.

새로운 시작에 대한 두려움을 사람에 대한 신뢰로 이겨내고 한국지
역사회교육협의회의 스피치 토론 프로그램 지도자 자격과정을 접수했
다. 잘 짜여진 커리큘럼으로 수업을 듣고, 강의계획서를 만들고, 미니
강의를 시연하는 과정을 수업마다 반복하는 시스템이었다. 경력 강사
분들과 매주 스터디를 할 수 있는 기회도 제공받았다. 이러한 3년의
과정 후에는 나만의 강의 커리큘럼이 생겼다. 한국지역사회교육협의회
의 서울 본회에서 최종 시험을 치렀고, 마침내 프로그램 지도자 자격

증을 취득했다. 자원봉사를 할 수 있는 곳을 소개해주었다. 자원봉사는 정식 강사 계약 체결로 이어졌다. 초등학교 방과후, 중학교 방과후, 도서관 계절 프로그램, 상설 프로그램, 대학생 진로 특강의 스피치 지도까지 10년 동안 스피치 토론 강사로서의 나를 경험했다.

계약 기간이 1년이나 남았을 무렵 집주인의 갑작스런 매도로 이사를 하게 되었다. 낡고 오래된 청주의 아파트 전세가와 청주에서 35분 거리 세종의 입주 아파트 가격이 비슷했고 마침 첫째가 고입을 맞고 있었다. 남편과 함께 변화의 기회로 받아들였다. 하루가 다르게 새로운 건물, 새로운 장소가 생겨나는 도시에서 나의 직업도 새롭게 바뀌었다.

상관 한 명과 부하직원 한 명으로 이루어진 5인 이하 소규모 사업체이다. 전화 응대, 은행 업무, 세무 업무, 공문 수신과 발신, 사무기기 관리, 천여 명이 넘는 방문객의 행정적 요구 등을 해결하는 일을 한다. 최저임금이었지만 일정한 날에 일정한 금액을 받는 것과 퇴직 기한이 길다는 것이 매력이었다. 이전과는 다른 새로운 일이었으니 소방점검, 전기시설, 사무기기에 관한 것을 익히는 데 1년 동안은 휴무일을 반납하며 일했다.

근무 4년 차 되던 어느 날 상관이 갑자기 연차 사용 명세서를 달라고 했다. 대체 근무자가 없기에 평일 짬짬이 사용하더라도 15일을 채

써보지도 못했다. 연차수당을 요구한 적도, 받아본 적도 없었다. 제출했다. 며칠 뒤 근로 시간표를 달라고 했다. 사무실 입구에도 게시되어 있는, 3년째 같은 근로 시간표 또한 제출했다. 계약서와 임금 지급 명세서를 제출하라고 했다. 매월 상관의 결재를 받아 집행되었고 임금 변동도 없었다. 보고서를 제출하면서 물었다. "죄송하지만 이제껏 결재받아 이루어진 것들을 새삼스럽게 요구하시는 이유를 물어도 될까요?" 상관의 임기가 1년밖에 남지 않아 체계를 세우고 싶어서라고 했다. 법인 대표의 명령에 따라 상관은 예외 없이 다른 지역으로 이동한다. 이동에 따른 체계 세우기라니 자연스럽게 들리는 말이지만 법인감사에서도 이상이 없는 직원의 계약서와 임금, 연차 부분을 새로 세운다고 하는 것은 이해할 수 없었다.

남편은 사장이 직원을 해고하고 싶을 때 스트레스로 그만두게 하는 방법이라고 했다. 다른 누군가 일할 사람이 있든가, 아니면 누군가를 찾고 있나 하는 합리적인 의심이 들었다. 배려 없는 소통 방식에 너무도 마음이 아팠다. 사람에 대한 상처로 마음이 들볶였다.

분기에 한 번 있는 법인 회의에서 결재받아 인쇄한 회의 자료를 보더니 회계 부분을 문제 삼았다. 3년 동안 회의 자료를 만들고 참석했지만 회의 내용을 기록하기만 했었다. 그러던 내가 발언권을 요청했다. 하고자 하는 이야기를 매끄럽고 조리 있게, 그리고 강약을 담아 전달

했다.

그 스피치 덕분에 일자리를 지키고 보존할 수 있었다. 어떠한 상황에서도 당당하게, 진정성 있게 표현하는 방법을 배우고 익힌 덕분이다. 직업이 바뀌면서 공부한 것을 이렇게 갑작스럽게 사용하게 될 줄 몰랐다. 공부와 삶, 떼려야 뗄 수 없다. 지금 이 글을 쓰는 동안에도 같은 자리에서 열심히 일하고 있다. 잘 짜여진 시스템 속에서 스피치와 토론을 배웠던 것이 인생의 고비를 넘기는 훌륭한 도구가 되어주었다.

지금도 새로운 공부 시스템을 시작하고 있다. 읽는 것에서 끝나는 것이 아니라 자신을 들여다보고 마주하는 글쓰기로써 진정한 나를 찾아가는 일이다. 이 공부 시스템은 삶 속에서 어떻게 빛이 날지 새삼 가슴이 뛴다.

· 6 ·

파티에 가려면
파티복을 준비해야지!

이 상 임

일터는 파티장이다. 결혼한 지 38년이 되었다. 그 시절 결혼을 하면 당연히 직장을 퇴직하는 분위기였다. 집에서 살림하고 남매를 기르면서 그저 그렇게 시간을 보냈다. '경단녀(경력 단절 여성)'가 되어 살아보니 그것도 나쁘지는 않았다. 시부모님은 따로 사셨지만 아버님을 모시고 사는 것이나 같았고, 어머님은 심부전증으로 입원하셨다가 퇴원 후에 우리와 함께 1달을 요양하고 집으로 가셨다. 몇 년간 반복되는 나날은 정신없이 흘러가는 시간이었다. 우연한 기회에 시조 시인을 만났다. 시인은 나에게 이런 말을 하였다.

"지금이 기회야. 파티장에 가려면 파티복이 있어야지. 지금이 파티복을 만들 기회야."

그 말을 듣는 순간 '띵! 이게 뭐지?' 머리에 뿅망치를 맞은 느낌이었다. '파티! 파티복?' 온통 파티에 대한 생각뿐이다. 4살, 1살 된 아이를 기르는 처지로서는 그냥 희망사항일 뿐이었다.

그 후 아이들이 자라서 각각 초등학교와 유치원에 가게 되었을 때, 나에게 파티복은 공부였다. 파티복을 만들려면 옷감을 준비하듯이 고전 인문학 공부를 시작하였다. 동네 공인중개소를 운영하시며 주부들에게 『명심보감』을 가르치는 한문 선생님을 찾았다. 나의 스승님은 복덕방 훈장님이다. 고전 인문학 공부는 『소학』을 시작으로 사서(『대학』, 『중용』, 『논어』, 『맹자』)를 4년 동안 읽었다. 철학을 읽고 쓰고 하였지만 깊이 있게 하는 공부는 아니었다. 그래도 시간만 나면 읽었다. 실력을 테스트하기 위해 한자·한문능력시험을 보며 실력을 쌓아갔다.

마름질을 한다. 아버지의 죽음으로 포기해야만 했던 대학 진학의 아쉬움은 항상 꿈으로 간직하고 있었다. 고전을 같이 공부하던 지인을 통하여 한국방송통신대학 중문학과에 입학하였다. 일명 '공주(공부하는 주부)'가 되었다. 중문학을 공부하는 데 한문의 기초가 많은 도움이 되었다. 중국어학을 병행하기는 만만한 공부는 아니었지만 원어민을 초빙하여 어학에서도 경시대회에 참여하는 열의를 보였다. 내가 성장하는 만큼 아이들도 대전과 진주에서 대학 생활을 하였다.

옷을 짓는다. 대학교를 졸업하고 가정폭력 전화상담사로 일을 하게 되었다. 상담사의 일은 외향적인 성격인 나에게는 적성에 맞지 않았다. 상담사 일을 잠시 쉬고 있을 때 좋은 기회가 찾아왔다. 바로 문화관광해설사였다. 나의 활동적인 성격에 보람과 자존감을 높여주는 일이었다. 해설사는 전문 자원봉사자로, 역사 공부가 더욱 필요하였다. 이왕 공부할 바에야 대학원에서 전문가로 성장하려는 꿈을 가졌다.

우리 형편에 대학원 진학은 욕심인 줄 알기에 남편의 눈치를 봐야 했다. 그렇지만 나의 의중을 알아차린 남편은 내심 반대하는 눈치를 보냈다. 남편은 하고 싶으면 하는 내 성격을 알기에 대놓고 반대를 하지 않았다. 살림, 직장, 대학원 공부로 세월이 오는지 가는지, 몽두난발을 하고 다닌다. 바쁜 일상 속에서도 열심히 하니 장학금과 지원금을 받았다. 졸업까지 5년이 걸렸다. 그 사이에 딸은 대학을 졸업하고, 아들은 군에 입대를 하니 숨구멍이 생긴 덕이었다. 월급쟁이 생활로 힘들었지만 남편의 배려가 가장 큰 힘이 되었다.

파티복을 입고 파티에 간다. 대학원 졸업은 인생의 전환점이 되었다. 청주시청 문화재 조사 사업, 청원군 고문서 번역 사업, 문화재청 '향교·서원 활성화' 사업, 성균관 유교 문화 사업, 보훈청 사업 등의 사업을 주관하면서 파티를 즐기게 되었다. 코로나 팬데믹이 오면서 활동은 중단되었다. 이제는 후배들을 위해서 물러나야 할 시기이다. 역사 인문학 강사와 문화관광해설사로 활동하는 지금이 제2의 인생 파티이다.

나의 파티장은 관광지이다. 파티에 가려면 격에 맞는 옷을 입고 가야 한다. 오늘도 파티장에 가려고 깔끔한 옷을 입고 나선다. 여러 사람 앞에 서는 직업이기에 옷에 항상 신경을 쓰고 있다. 옷을 갖추어 입는 것은 자신의 자부심이자 나를 대하는 타인에 대한 예의이다. 외모의 차림새와 말씨를 갖추려 노력하고, 질문에 대한 응답을 준비한다. 방문객은 나와 소통하는 파티객이다. 그들과 다양한 방법으로 도움을 주기도 하고 받기도 한다.

오늘도 문화재가 있는 관광지에서 역사 이야기와 전설 그리고 민담을 스토리텔링으로 쉽게 전하고 있다. 때로는 실력을 테스트하는 사람도 있고, 무리한 요구로 곤란하게 하고, 이야기 출처를 물어보기도 하지만 유연성을 발휘한다. '나를 성장시키려 하는구나' 하는 긍정적인 에너지를 품으려 한다. 당황하지 않고 모르면 모른다고 하고 공부해서 알려주겠다고 하면서 연락처를 받아서 꼭 결과를 전달한다. 이제는 편안한 마음으로 응대하는 여유도 생겼다. 파티객은 대부분은 밝은 표정이다. 고맙다고 감사하다고 박수를 받으면 힘이 난다. 의미와 가치를 알리는 이타성으로 하루하루가 감사하다. 남녀노소를 아우르고 만나는 기쁨은 일에 본질을 알려주는 소중한 인연들이다.

내가 세상에 맞추어 살기로 했다. 코로나가 극성이었던 2021년에는 손주들과 소통하려고 인근 대학교와 평생학습관에서 진행하는 동화 구연을 1년 동안 수강하였다. 동화 구연과 관련한 자격증 3개를 따고 나니 기회가 찾아왔다. 청주 시니어 클럽에서 진행하는 '어린이집 동화 구연 이야기 할머니' 프로그램에 지원하였다. 동화 구연 할머니 13분이 모여서 각 어린이집과 유치원에서 봉사 활동을 하고 있다.

일주일에 한번 아이들을 만난다. 기저귀 찬 오리 엉덩이를 하고 쫓아와서 인사하는 아이도 있다. 낯설어서 울다가 내 이야기를 듣고 똘망똘망해지는 눈을 마주칠 때면 세상 행복하다. 시간 가는 줄 모르고 밤늦게까지 동화 구연 교구를 만들어 멀리 있는 손녀들에게 보여주고 이야기하면서 리허설을 해보기도 한다. 나도 모르게 동심으로 돌아가기도 한다. 세상이 새롭게 열리고 있다. 스트레스 없는 세상이다. 노년의 삶을 어떻게 꾸려야 할지 고민하고 있지만 지금 이대로도 참 좋다.

· 7 ·

열정-배움-성장-성숙-나눔,
교학상장으로 실현하다

우 미 정

회사에서처럼 과장, 차장 등의 호칭이 아니라 이제는 누구누구의 엄마로 불리는 것이 익숙해졌다. 회사에 다닐 때의 배움과, 현재 엄마인 존재로서 배움의 분야는 너무나도 다르다. 하지만 배움의 순간은 놓지 않고 있다. 배움의 순간을 놓지 않고 있다는 것이 가장 중요하다.

배움의 순간을 한순간도 놓지 않고 있지만 나는 나만의 특별한 배움의 노하우는 없는 것 같다. 단지 배움으로 앎의 즐거움을 알기에 그저 알아가는 그 즐거움으로 배움의 순간을 꾸준히 하고 있다는 것이다. 배우면서 확실하게 깨달은 것은, 배움에는 반드시 실천이 따라야 한다는 것이다. 배운 것을 행동으로 실천하지 않았을 때 그 배움은 그저 앎에서 멈추고, 나의 삶에는 아무런 변화와 성장이 없다는 것이다.

"P 차장님, 바쁘세요? 제가 이 데이터를 가지고, 이런 차트를 표현하려고 하는데 어떻게 해야 하는지 방법을 알려주실 수 있으세요?"

"어, 잠시만. A 주임이 부탁한 것이 있어서 이것 하고 알려줄게."

"어, 이 일은 A 주임이 할 일 아니에요? 왜 차장님이 다 하세요? 하는 방법을 알려주고, A 주임이 스스로 하도록 해야 하지 않나요?"

"A 주임에게 직접 하라고 하면 힘들다고 퇴사할 거야! 그래서 내가 해주는 거야."

"차장님, 그럼 제 일도 차장님이 다 해주세요. 저도 잘 몰라서 힘들고, 못 하겠어요."

"에이, 무슨 소리야! 우 과장은 스스로 알아서 잘하는데. A 주임은 우 과장이랑 달라."

나는 어이가 없었다. 직접 하라고 하면 힘들어 퇴사한다고 일을 다 해주는 배려가 많은 차장님, 자기 일은 차장님에게 부탁하고 정작 본인은 인터넷 쇼핑만 하고 있으니 참 어처구니가 없었다. 힘들다고 퇴사한다고 배려까지 한다니 그럼, 왜 그 업무를 담당하라고 직원을 채용했을까? 그냥 차장님이 다 알아서 일을 하면 될 것을, 나는 이 상황이 이해되지 않았다.

"차장님, 이것 좀 해주세요! 나 못 해요." A 주임이 P 차장에게 부탁하는 말이다. 너무 당연하게 못 한다고, 해달라고 한다. 나라면 "이것 좀 해주세요"가 아니라 "차장님, 이것 어떻게 해야 하는지 몰라서 그러는데 하는 방법 알려주실 수 있으세요?"라고 부탁할 것 같다.

A 주임도 P 차장에게 하는 방법을 배웠다면 본인 스스로 해보고 그래도 못 한다면 더 배워서 본인이 직접 해야 했다. 하는 방법을 알려주고 그것을 배웠음에도 배운 것을 본인 스스로 하지 않아 A 주임은 더 성장할 기회를 본인 스스로 잃었고, P 차장도 A 주임 업무를 본인이 다 해주면서 A 주임이 성장할 기회조차도 주지 않은 것이다.

나는 이 상황을 보면서 나와 관점이 다른 두 사람을 이해하지 못했다. 왜 스스로 하려고 하지 않았을까? 왜 스스로 하도록 기회를 주지 않았을까? 모르는 것이 있다면 당연히 아는 사람에게 묻는다. 물어보고 하는 방법을 배웠다면 내가 직접 해보는 것이다. 그래야 그것이 내 것이 되니까. 나는 그렇게 배웠다. 배우고, 실천하고 또 배우고 실천했다.

교학상장(敎學相長), 가르치고 배우면서 성장한다는 뜻이다. 내 배움의 모토이다. 배움의 시간이 더해지면서 나의 배움에도 방향성과 목적이 명확해졌다. 나의 배움은 무지와 무시를 극복하고, 알고자 하는 열정과 열망으로 시작되었다. 그 열정과 열망으로 나의 배움은 지속되었고, 배움과 앎의 과정을 통해서 나의 삶은 배움 전과 다르게 무시에서 인정으로, 무지에서 앎으로 많은 변화와 성장을 가져다주었다.

지속적인 배움을 통해 내가 배우고 있는 분야의 전문가가 되고 싶었다. 더 성장하고, 더 깊이 있는 배움과 앎을 원했고, 더 성숙한 배움과 앎을 통해 성숙한 자아를 가진 나 자신을 지향하게 되었다. 스스로 더욱더 성숙한 삶을 지향하기 위해 나의 배움과 앎이 나 자신에게만 머물게 두는 것이 아니라 조금이라도 그 배움과 앎을 누군가에게 알려주고 나눔으로써 성숙한 배움의 삶을 만들어가고 싶다.

무엇인가를 하기 위해서는 동기부여가 중요하다. 어떤 것이 마음에 확 꽂혀서 마음을 움직일 때, 그때 그 마음을 행동으로 옮기고 더 열심히 하기 위해서는 열정이 필요하다. 그 동기부여에 열정이라는 마법의 가루가 뿌려지면 배움의 시간이 시작되고, 그 배움은 지속된다. 그 다음은 배움을 통해 몰랐던 것들을 머리로 이해하고 마음으로 받아들이는 것이다.

여기에서 중요한 포인트는 마음으로 받아들이는 것이다. 머리로 이해하고 마음으로 받아들여야만 몸으로 행동하게 된다. 행동을 하지 않으면 배움의 성장은 일어나지 않는다. 행동함으로써 배움은 행동하기 전과는 전혀 다른, 성장하는 나로 이끈다.

나의 성장에도 방해 요인이 있다. 바로 꾸물거림이다. 나는 생각이 많다. 생각이 많다는 것은 걱정과 염려가 많다는 것이겠지. 생각을 많이 하다 보니 새로운 것을 시작할 때 생각하고 또 생각하다 보니 행동하기 전에 많은 시간이 필요하다. 그러다 보니 시작이 늦거나 진행 속도가 느린 때도 있다. 가끔 이 꾸물거림으로 인해 좋은 타이밍을 놓칠 때가 있다. 꾸물거림은 나의 변화와 성장에 있어 최대의 적이다. 그렇기에 오늘도 나는 꾸물거리는 나 자신과 싸우고 있다.

늦게 시작한 공부, 회사 업무와 학업을 병행하는 배움으로 힘들었지만 그 배움의 시작은 나의 삶에 많은 변화와 성장을 가져다주었다. 배움에는 늦은 때라는 것이 없는 것 같다. 누구에게나 딱 맞는 그때, 그 시기가 있을 것이다. 늦었다고 포기하려는 상황에 포기하지 말고, 배움을 선택해보라고 하고 싶다. 해도 후회, 안 해도 후회한다면 해보고 후회하는 것이 더 낫다고 생각한다. 배우는 과정을 통해서 변화와 성장의 기쁨을 맛본다면 시기는 중요하지 않음을 느낄 것이다. 내가 느끼는 배우는 즐거움의 맛, 꼭 맛보세요!

· 8 ·

식은땀

김 경 숙

||||||||||||||||||||||||||||||||||||||||||||||||||||||||||||||||||||||||||||||||||||||||||||||||

7시 30분, 전화벨 소리와 함께 하루 일과가 시작된다. 수화기 너머의 선생님도 나와 같은 시간대에 일상을 연다. 어쩌면 내가 먼저일 거다. 나는 6시에 일어나 폼 롤러에 전날 돌보지 못한 관절과 근육들을 달랜다. "아이고." 곡소리가 절로 난다.

남편이 6시부터 준비한 최고의 아침을 6시 30분에 먹는다. 아침을 먹은 후 통화 전까지 출근 준비를 한다. 7시 30분, 정확하게 벨이 울리면서 어젯밤 눈여겨봐뒀던 문장을 쏘아보고 혀를 최대한 굴려본다. 뭔가를 외운다는 것은 쉽지 않다. 들어오는 것보다 나가는 것이 많고 서러울 나이도 아니다. 우리말을 개떡같이 말해도 찰떡같이 알아듣는 주위 사람들에게 고마울 따름이다. 남의 나라 언어는 대면 없이 대충 말하면 알아듣지 못한다. 수화기 너머의 선생님께 알아듣게 말해보려 아침부터 식은땀이 흐른다.

평생 동안 공부하리라 다짐하고 평생교육사를 취득했다. 역마살의 기운으로 전국 유적지를 다 밟아보고 역사 체험 지도사를 받았다. 한류에 동참하리라 생각하며 2년 동안 스터디를 했고, 서울을 오가며 한국어 교사 자격증도 거머쥐었다. MZ세대에게 밀리지 않기 위해 컴퓨터활용능력 2급 시험도 붙었다. 세월로 인해 기억은 흐리지만 사연 많은 자격증이 매년 늘어났다.

문득, 불혹을 넘긴 나이에 대학원에 가고 싶었다. 철학을 배워 철학적으로 사색하겠다는 지적 허영심이 컸다. 철학과를 찾았지만 가을학기에는 자리가 없었다. 대신 교육철학이 있었다. 교육이 함께하니 뭔가 덤이 있을 듯했다. 예상대로 덤이 기다리고 있었다. 철학과 교육이 만나니 고민이 깊어졌다. 철학적 이해를 바탕으로 한 교육은 단순히 지식의 전달이나 기술의 습득이 아니었다. 자신의 삶의 이해와 가치를 찾아야 했다. 그동안 열정과 의욕으로 취득한 기술 습득의 자격증을 숨기고 싶었다.

목련 봉오리가 꽃단장으로 바쁠 때, 강사라는 직무와 박사 논문을 접기로 했다. 솔직히 논문의 진도가 발목을 잡았다. "자신의 부족함만 아는 것은 모르는 것이며, 아는 것을 실천하는 것이야말로 진짜 아는 것이다"라는 누군가의 역설을 핑계 삼아 나는 아는 것이 없다는 것을 잘 알았기 때문에 접는 것에 망설임이 없었다. 대신 직업상담사라는 직업을 알게 되었다. 직업상담사 2급 시험 준비를 위해 연구실에서 신들린 듯 공부했다. 생소한 분야라 두려움과 걱정이 앞섰지만 습관이 지켜주었다. 엉덩이로 공부할 때라 단숨에 취득했다. 얼마 지나지 않아 취업했다. 직업상담사의 직무는 다행히 잘 맞았다. 솔직히 신이 났다.

사무실에 나는 누구보다 일찍 출근한다. 9년째 같은 일을 하고 있는데도 매일 설레고 기대된다. 직장에선 해야 하는 일을 처리하고, 퇴근해선 하고 싶은 일을 해서 좋다. 운이 좋게 내가 다니는 직장은 '워라밸'이 보장되어, 해마다 꿈꾸는 일에 자격이 더해졌다. 직업상담사 2급의 자격이 6년째로 접어들던 어느 날, 직업상담사 1급에 노력과 시간을 바치기로 했다. 그런데 예전처럼 엉덩이로 공부할 수 있는 시간이 부족했다. 작전과 계획이 필요했다. 공부의 시스템이 절실했다.

퇴근 후 매일 5시간씩 공부하기로 계획했다. 주말에는 10시간씩 잡았다. 함께할 학습 동무도 찾았다. 혼자 하는 것보다는 함께할 때 실천의 가속도가 붙는다. 코로나 시국이라 동무와 공부할 분량을 정해 매일 줌 스터디를 했다. 사정이 생긴 날은 혼자 공부했다. 공부하는 것을 한동안 잊고 살았다고 생각했는데 다행히 몸은 기억하고 있었다. 시험 결과는 우수한 성적으로 나란히 1차 합격이었다.

기쁨도 잠시, 2차 시험을 앞두고 우리는 '멘붕'에 빠졌다. 기억력에 문제가 생겼다. 전날 완벽하게 외웠다고 생각했던 내용이 다음 날 새하얗게 산화되어버렸다. 학습 동무와 나는 서로 눈만 껌뻑거리며 서로의 용량에 측은지심의 위로만 주고받았다. 50대 중반 중년 여성의 기억 용량에 백기를 들어야 했지만 우리는 작전을 다시 세웠다. 외워야 할 내용에 스토리를 부여하기로 했다. 즉, 각각의 내용마다 각자의 서사를 부여하기로 했다. 작전은 성공했다. 시험 당일, 문제를 보자마자 손이 먼저 움직이고 있었다. 우리는 현기증이 날 정도로 2시간 동안 하얗게 불태웠다. 12월 마지막 날, '축하합니다' 메시지를 함께 받았을 때 그동안 흘린 피, 땀, 눈물에 대한 보상의 기쁨과 뿌듯함을 잊을 수 없다. 삶의 자존감 주가를 한껏 드높였던 순간이었다.

공부는 자기 이해가 전제되어야 한다. 공부를 통해 자신에 대해 더 많이 알게 될 뿐만 아니라 자신의 능력과 한계를 인식한다. 직업상담사 1급이라는 시험을 준비하면서 나의 일상에서 선택할 것이 더 늘어났다. 그동안 미뤄뒀던 영어 공부를 다시 하기 시작했다.

10개의 문장을 외워 9개가 휘발된다고 해도 괜찮다. 10개 모두 날아가도 상관없다. 아직 영어에 대한 나의 서사가 턱없이 부족하기 때문이다. 영어가 아직 익숙하지 않아도 좋다. 익숙하지 않음의 도전이 나를 떨리게 하고 설레게 한다. 오늘 아침 통화의 떨림으로 인해 흐르는 식은땀이 마치 인심 좋은 첫 손님 마수걸이를 한 것처럼 느껴지고, 뭔가 좋은 일이 일어날 것 같은 기분이 드는 것은 혼자만의 생각일까.

· 9 ·

만 일의
그 하루

나 기 열

"10년 일기를 쓰고 있어요."

올해를 마무리하는 자리, 각자의 한 해를 뒤돌아보며 이야기하던 중에 한 선생님이 건넨 말이었다. 모두 각자의 위치에서 멋지게 자신의 일을 해나가는 사람들이다. 나는 노트북에 일기를 쓴 지 5년 정도 되어가던 즈음이라 한 권으로 되어 있다는 10년 일기장이 꽤 매력적으로 다가왔다.

평소 인터넷 쇼핑을 잘 하지 않는 탓에 세일이라는 문구에 덜컥 주문한 10년 일기장은 지난 해부터 시작하는 것이었다. 작년 다이어리를 펼쳐놓고 부지런히 지난 365일을 정리했다. 그 옆으로 새롭게 채워가는 하루하루가 더 재미있다.

매일 아침 따뜻한 차를 한잔 들고 책상 앞에 앉아 10년 일기장을 편친다. 작년의 오늘, 아무 기록 없이 비어 있는 날은 '아! 무심히 보낸 하루였구나' 하며 잠시 그 하루에게 미안하기도 하다. 그래선지 오늘 하루가 더 소중하게 다가온다. 그 어느 날보다 더욱 의미 있게 보내야 겠다는 다짐으로 하루를 연다.

"생리를 하지 않아."

심각한 내 말에 친구는 "폐경이야." 툭 던지듯 가볍게 말을 했다. 친구가 간호학과를 나온 게 아니었다면 의심이라도 했을 텐데 평소에도 귀가 얇다고 자평하는 나는 그냥 확신하듯 믿어버렸다.

그랬다. 한참 빛나던 나의 40대는 그렇게 시작되었다. 어딘가 문제가 있다는 거였다. 잠시 멈춤이 필요했다. 바쁘게 정신없이 하던 수업들을 조금씩 정리했다. 그동안 수업이 적거나 비는 날이 하루라도 있으면 왠지 밀리는 것 같았다. 그렇게 비교하고 경쟁하며 긴장 속에서 보낸 숱한 날들에 지친 몸이 신호를 보내고 있었던 거다. 수레바퀴처럼 밀려가던 시간들과 거리 두기를 시작했다. 그리고는 전부터 가끔씩 가던 생태 모임에 적극적으로 참여했다. 매주 숲을 산책하고 자연과 함께하는 시간으로 채워가다 보니 자연스레 치유되었다. 자신조차 읽어주지 않아 지쳐 있던 몸과 마음이 천천히 제자리를 찾고 있었다.

비슷한 시기에 평생학습 강사 일을 시작했던 이들이 15년 차 정도가 지나자 각자의 전문 분야별로 하나둘 사무실을 열거나 단체를 만들었다. 자신을 돌아보며 스스로에게 질문을 했다. '내가 그들보다 부족한가?', '왜 나는 여기 이 자리에 그대로 머물러 있는 걸까?' 가만히 시간을 보내고 나니 답이 들려왔다. '나는 지금 이대로가 좋은 것뿐이야.' 비교하지 않으니 흐름에 밀려가지 않고 현재에 만족하며 즐겁게 수업하게 되었다. 딱 나만큼의 보폭으로 한 걸음씩 단단히 내딛으며 앞으로 걸어가려 한다. 조금 느리게, 조금 더 천천히.

처음 독서지도사 자격증을 발급받고 평생학습 강사로서 첫 시작을 열어준 단체의 센터장이 되어 각 모임의 팀장들과 함께 회의하고 사업을 진행하게 되었다. 조용히 참석만 하던 위치에서, 끌어주고 격려해주고 결정하는 역할을 맡게 된 것이다. 하는 일은 이전과 크게 다르지 않았으나 책임져야 하는 무게는 컸다. 그들이 받는 힘의 크기가 달랐던 것이다. 그 자리에 서야 비로소 보이는 것들이 있다. 이렇게 또 한 뼘 자라 있었다.

유네스코 세계기록유산으로 등재된 직지를 발간한 곳이 청주에 있는 흥덕사다. 흥덕사가 있던 자리에 지어진 청주고인쇄박물관에서 18

년째 어린이 직지 문화학교를 진행하고 있다. 한 해도 멈추지 않고 지금까지 진행하고 있는 것은 큰 자부심이다. 처음 단계부터 모든 프로그램을 기획하고 상황에 맞게 변경하며 이어오고 있다. 그것이 계기가 되어 어린이 기록문화 관련 사업도 4년째 진행하고 있다. 같은 수업을 오랜 시간 진행하면서 알게 된 것은, 결코 혼자서는 아무것도 할 수 없다는 것이다. 서로 도와주고 끌어주고 가끔은 참아주기도 하면서 함께 성장하고 성공할 수 있었다.

지금도 여전히 많은 모임을 하고 있다. 같은 책을 함께 읽고, 감상평을 제출하고, 매일 만 보 걷기를 하며 인증 사진을 보내기도 한다. 그리고는 한 달에 한 번 벌금을 모아 기분 좋게 한잔 나누기도 한다. 목요일 아침마다 도서관에서 토론하는 모임도 하고, 금요일엔 숲에 가서 생태를 살피고 어울려 즐기기도 한다. 매달 역사 유적지를 답사하며 공부도 한다. 늘 부족한 것을 찾게 되고, 하나씩 채워가는 것에 행복해한다. 함께 걸어가는 이들에게 오늘도 배운다.

결혼 초기, 시계를 보며 양치질을 하던 남편을 보고 깜짝 놀랐던 기억이 아직도 생생하다. 3분을 지켜야 한다는 단순한 이유였다. 길에 쓰레기를 버리지 않고, 빨간불에 절대 건너지 않는 그런 기본적인 행동들이 작은 키의 남편을 멋지고 큰 사람으로 보이게 했다. 하지만 갑작스런 상황들에 매력을 느끼는 나는 미리 계획하고 실천하며 쌓아가는 24시간이 숨이 턱 하고 막힐 때도 있었다. 그러나 내게 부족한 점들이 보이면 좋아 보이고, 배우려 하다 보니 어느 날부턴가 나도 구체적으로 실행 계획을 세우고 검토하고 있었다. 미리 계획하고 준비하는 습관이 친구가 되어 있었다. 이젠 라면을 포장지 설명대로만 끓이지 않아도 더 맛있게 끓이는 방법이 무궁무진하다는 것을 인정하는 남편처럼, 발등에 불이 떨어지기 직전에야 움직이던 내가 약속한 시간이 되기 전에 준비를 마치고 기다리고 있다.

누군가를 만나면 내가 갖지 못한 좋은 점들을 먼저 보려 노력한다. 그러다 보면 당장은 아니어도 어느 순간 흉내라도 내고 있을 나의 모습이 기대되기 때문이다. 그래선지 좋은 이들이 늘 옆에 있다. 그들만큼 나도 누군가에게 좋은 영향을 주는 사람이 되고 싶다. 자기 변화는 인간관계를 통해 완성된다. 자신의 생각과 말과 행동양식을 바꾸는 것만으로는 부족하며, 자기가 맺는 인간관계가 바뀌어야 자기 변화도 완성된다.

'만(萬) 일 프로젝트'를 시작했다. 반짝이던 여고 시절, 하고 싶은 것 원 없이 하다가 미련 없이 마흔에 죽어야지 하고 호기롭게 떠들었었다. 그러나 어쩌랴, 감사하게도 아무런 일 없이 오십을 넘겼으니. 잠시 휘청이던 완경기를 담담히 맞이하고 나니 당연한 듯 앞으로의 삼십 년을 계획할 힘이 생겼다. 요즘은 만 일 동안 매일매일 실천할 목록들을 정리하고 있다. 매일 만 보 걷기, 매일 만 원 저금하기(그랬더니 만 일 후면 일억이 된다). 매일 글쓰기, 매일 착한 일 하나 하기, 매일 하늘 한 번 보기, 매일 다정한 한마디 건네기, 매일, 그렇게 하루하루 새로 생겼다가 없어지고 보태지며 쌓여갈 나의 만 일이 기대된다.

그 사이 아들들은 각자의 가정을 꾸릴 테고 건강하신 부모님들은 돌아가실 수도 있겠지. 어쩌면 나도… 모든 것이 지금의 기대와는 전혀 다른 모습일 수도 있으리라.

만 일 동안 살아낸 후, 반가운 악수를 건넬 그날을 위해 오늘도 만 일의 그 하루를 산다.

한참 지난 어느 날, 홀홀 가벼운 흙이 되어 새로운 생명의 싹을 틔워주는 꿈을 꾼다.

마치는 글 🪐

윤종필

박사과정을 마무리하면서 큰 깨우침을 얻었습니다. 늙고 젊음의 차이는 나이가 아니라는 것입니다. 나이와 상관없이 늙은이는 과거의 이야기에서 살고 있고, 젊은이는 미래를 계획하고 미래를 이야기하는 데 집중한다는 것입니다. 일기장의 마지막 페이지를 쓰는 날까지 내일 할 일을 계획하고 준비하는 사람이 되고 싶습니다. 또 사람들이 그렇게 살아가는 것에 이 책이 작은 도움이 되면 좋겠습니다.

이유나

이화여대 대학원 끝자락의 선택이 인생 터닝 포인트입니다. TV 방송국 기자 모집의 나이 제한 자막을 보고 현실 타협 목적으로 삼성에 입사합니다. 삼성에서 독보적인 성과로 고객, 직원들의 기발한 관점 전환을 연출하고 기획했습니다. 온 국민이 다 아는 '빤짝빤짝 손 인사'로 2002년 2월부터 조직과 고객의 마음을 움직였습니다. 인생 2기, 62년 역사의 KMA 교육기관에서 날 새며 공부하고 줄곧 1등을 했습니다. 오로지 사람의 역량 발휘를 생각 또 생각합니다. 30년 경력 새로운 인생 준비를 위해 두리번거립니다. 29년 경력 새로운 인생 공부를 위해 책쓰기에 도전합니다. 많은 분들과 즐거운 세상의 지혜를 크게 웃으며 나누고 싶습니다.

윤은순

아이들과 함께 공부하며 함께 성장한 엄마입니다. 자녀의 행복을 원하지 않는 부모는 없습니다. 더 많은 것을 주고 싶어 하고, 더 많은 기회를 위해 공부해야 한다고 말합니다. 그러나 무엇이 자녀를 위하는 것인지 생각해볼 필요가 있습니다. 공부하는 부모들의 자녀는 공부하라는 말을 하지 않아도 공부합니다. 무의식적인 학습의 결과입니다. 자녀 교육은 말로 하는 게 아닙니다. 무엇을 해주기보다, 부모 자신이 행복한 삶을 살면 됩니다. 그것이 부모와 자녀가 함께 성장하는 길입니다.

권순미

새로운 경험은 새로운 나를 만들어주네요. 글을 써보면서 나 자신을 돌아보게 되었어요. 철부지처럼 실수투성이에 부족한 것투성이였어요. 그러던 내가 점점 더 성숙해지고 동글동글해지네요. 누군가는 지금의 삶이 천국이기도 하고 누군가는 지옥일 수 있습니다. 나는 천국에 온 것이 분명하다는 것을 글로 쓰면서 알게 되었어요. 다음번 새로운 경험은 또 어떤 것들일지 기대해봅니다.

기현경

한 생에 걸쳐 알게 되는 생로병사를 인생 초년 25년 동안 진하게 경험했습니다. 덕택에 아침에 눈을 뜨면 "새로운 하루를 주셔서 감사합니다!"가 저절로 나옵니다. 새로운 하루이니, 햇살도, 구름도, 비도, 바람도 그저 아름답고 감사합니다. 그 아름답고 감사한 마음을 글로 적어보고 싶어졌습니다. 그 길에 함께하는 이들도 있으니 그 또한 감사하며 오늘의 새날을 설렘과 감사로 살아갑니다.

이상임

여름은 호박꽃의 계절입니다. 이른 봄, 한 뼘의 빈 땅에 씨앗을 심으면 옥토와 박토를 가리지 않습니다. 가뿐하게 울담을 타고 올라 푸짐한 꽃을 피웁니다. 인간에게 햇순을 무참히 꺾여도 더 많은 줄기를 뻗으며, 절망하거나 요절하지 않습니다. 황무지에 열매를 맺는 게 호박꽃의 운명이라면 각박한 세상을 살아내는 것은 사람의 몫이 아닐까요. 손톱만 한 작은 씨앗이 모진 풍상을 이겨내고 바위만 한 결실을 보기까지의 지난한 시간이 곧 내가 달려온 인생 역경이 아닐까요.

우미정

무지와 무시에서 시작한 공부는 이젠 제 인생에서 놓지 못하는 삶의 일부가 되었습니다. 그 배움의 시작은 강의와 책이었지만 현재는 두 아이의 엄마로 두 아이를 통해서 인생의 단맛, 쓴맛을 보며 다양한 배움을 계속해나가고 있습니다. 좋은 엄마, 좋은 부모가 참 어려운 역할이지만 엄마로 불리는 순간순간이 너무 행복합니다. 소중한 아이들과 삶의 배움에서 저는 또 다른 나를 완성해가기 위해 오늘도 배움에 도전하고 있습니다. 소중한 아이들을 주심에 그저 감사드립니다.

김경숙

오래전부터 '어떻게 살아야 하는가?'라는 근본적인 질문에 대해 고민하며 답을 찾아 길을 헤매고 있습니다. 예측할 수 없는 삶의 여러 모퉁이를 돌 때마다 두려움과 떨림을 느끼지만, 오늘이라는 일상에서 노력할 수 있는 기회를 가진 것에 감사하며 성실히 살고 있습니다.

나기열

어렸을 적, 늘 어른이 된 나를 기대하고 꿈꾸었습니다. 그런데 어느 날부터인가, 반짝이며 빛나던 어린 그 아이를 그리워합니다. 나이를 먹고 어른이 되었다는 것이겠지요. 이제 다시 한참 후의 나를 꿈꾸기로 했습니다. 채웠으니 비워낼 줄도 알고, 나눌 줄도 알고, 들어주기도 하는…. 막연한 그날을 위해 오늘 하루 온전히 살아내겠습니다.